BOOK**SHOTS**

MUERTE A CROSS

MUERTE A
CROSS

JAMES
PATTERSON

OCEANOexprés

MUERTE A CROSS

Título original: *Cross Kill*

© 2016, James Patterson

Publicado en colaboración con BookShots, un sello de
Little, Brown & Co., una división de Hachette Book Group, Inc.
El nombre y logotipo de BookShots son marcas registradas
de JBP Business, LLC.

Traducción: Sonia Verjovsky Paul

Portada: © 2016, Hachette Book Group, Inc.
Diseño de portada: Kapo Ng
Fotografía de portada: Stephen Carroll / Arcangel Images

D.R. © 2017, Editorial Océano de México, S.A. de C.V.
Eugenio Sue 55, Col. Polanco Chapultepec
C.P. 11560, Miguel Hidalgo, Ciudad de México
Tel. (55) 9178 5100 • info@oceano.com.mx

Primera edición: 2017

ISBN: 978-607-527-333-4

Impreso en México / *Printed in Mexico*

CAPÍTULO 1

ESA MAÑANA DE MARZO, una tardía tormenta de invierno se cernía sobre la ciudad de Washington, D.C., y más gente de lo habitual esperaba en la cafetería de la escuela católica de St. Anthony of Padua en la avenida Monroe, en el cuadrante noreste.

—Si necesitan una sacudida antes de desayunar, hay café en esas cafeteras de allá —vociferé hacia la fila de la cafetería.

Detrás de la barra, John Sampson, mi compañero, dijo: —Los que quieran panqués o huevos con salchicha pasen conmigo primero; si quieren cereal, avena y pan tostado, al fondo; los que quieran fruta, también.

Era temprano, cuarto para las siete, y ya habíamos visto pasar a veinticinco personas por la cocina, en su mayoría madres y niños del barrio. Según mis cuentas, unos cuarenta más esperaban en el pasillo, y estaban llegando más cuando empezaron a caer los primeros copos de nieve.

Todo era idea de mi abuela, de noventa y tantos años. El año pasado se había sacado el premio gordo de la lotería

Powerball, de D.C., y quiso que los menos afortunados compartieran parte de su buena suerte. Se había asociado con la iglesia para emprender el programa de desayunos calientes.

–¿Tiene donas? –preguntó un pequeño que me recordó a Alí, mi hijo menor.

Iba de la mano de su madre, una mujer devastadoramente flaca, ojos legañosos y con la costumbre de rascarse el cuello.

–Hoy no hay donas –le dije.

–¿Y qué voy a comer? –se quejó.

–Por una vez, algo que te haga bien –dijo su madre–. Huevo, tocino y pan tostado. Nada de esa basura de cereal azucarado.

Asentí. Por lo visto, la mamá estaba bien colocada con algo, pero sabía de nutrición.

–Esto apesta –dijo su hijo–. Quiero una... no, ¡quiero dos donas!

–Camina –dijo su mamá, y lo empujó hacia Sampson.

–Me parece exagerado para una cafetería de iglesia –dijo el hombre que seguía después de ella. Tenía menos de treinta años y vestía jeans holgados, botas Timberland y una chaqueta grande gris con capucha.

Me di cuenta de que se dirigía a mí y lo volteé a ver, perplejo.

–¿Chaleco antibalas? –preguntó.

–Ah –respondí, y me encogí de hombros por la armadura que llevaba puesta bajo la camisa.

Sampson y yo somos detectives de casos mayores del Departamento de Policía Metropolitana de Washington, D.C. En cuanto termináramos nuestro turno en el comedor de beneficencia alcanzaríamos al equipo encargado de desmantelar a una pandilla de narcomenudeo que operaba en las calles alrededor de St. Anthony. Era sabido que, de vez en cuando, algunos miembros de la pandilla disfrutaban los desayunos gratuitos de la escuela, así que decidimos usar los chalecos por si acaso.

Pero no se lo iba a decir a aquel hombre. No lo identificaba como un delincuente conocido, pero vaya que lo parecía.

–Debo hacer una prueba de condición física a fines de la semana que viene –le expliqué–. Debo acostumbrarme al peso porque voy a correr cinco kilómetros con esto puesto.

–¿Ese chaleco hace que te dé más calor o más frío?

–Más calor.

–Necesito uno –dijo, titiritando–. Soy de Miami, ¿sabe? Fue una locura venir para acá.

–¿A qué viniste? –pregunté.

–Para ir a la escuela. Curso el primer año en Howard.

–¿No estás en el programa de comidas?

–Apenas si puedo pagar la colegiatura.

Entonces vi todo bajo una nueva luz; estaba por decirlo cuando se escucharon los disparos y la gente empezó a gritar.

CAPÍTULO 2

SAQUÉ LA PISTOLA Y me abrí paso a empellones entre la multitud. Escuché dos disparos más; venían del interior de la cocina, detrás de Sampson, quien también lo había notado.

Con un giro, Sampson se alejó de los huevos y el tocino y sacó la pistola mientras yo me abalanzaba sobre la barra. Nos separamos hasta ubicarnos a ambos lados de las puertas de vaivén de cocina industrial. Las dos tenían pequeños ojos de buey.

Ignoré a la gente que seguía huyendo de la cafetería y me incliné hacia delante para asomarme rápidamente. Los recipientes para mezclar se habían caído de las barras de acero inoxidable, derramando harina y huevo por todo el piso de cemento. No se movía nada y no detectaba a nadie dentro.

Sampson miró con mayor detenimiento desde el ángulo contrario. Su rostro se contrajo casi de inmediato.

–Dos heridos –siseó–. La cocinera, Teresa, y una monja que nunca antes había visto.

–¿Están muy mal?

–Teresa tiene el delantal blanco cubierto de sangre. Parece que a la monja le dieron en la pierna. Está recargada contra la estufa, bajo un gran charco de sangre.

–¿Femoral?

–Es mucha sangre –afirmó Sampson después de mirar de nuevo.

–Cúbreme –dije–. Voy a entrar agachado por ellas.

Sampson asintió. Me agazapé y lancé el hombro contra la puerta, la cual se abrió con un vaivén. Esperaba que un tirador invisible abriera fuego, por lo que entré rodando. Me deslicé por una lechada de media docena de huevos y me detuve en el suelo, entre las dos barras de preparación de alimentos.

Sampson entró con el arma alzada en busca de un blanco.

Pero nadie disparó. Nadie se movió. Y no hubo otro sonido más que la respiración dificultosa de la cocinera y la monja, que estaban a nuestra izquierda, del otro lado de una barra, junto a una estufa industrial grande.

Los ojos de la monja estaban abiertos y miraban con desconcierto. La cocinera tenía la cabeza gacha, pero respiraba.

Me escabullí debajo de la barra hasta llegar a las mujeres y empecé a quitarme el cinturón. La monja se encogió cuando la alcancé.

–Soy policía, hermana –dije–. Me llamo Alex Cross. Tengo que ponerle un torniquete en la pierna o podría morir.

Parpadeó y luego asintió.

–¿John? –grité mientras veía una seria herida de bala en su

muslo. A cada latido de su corazón brotaba un chorro de sangre tan fino como una aguja.

—Aquí estoy —dijo Sampson detrás de mí—. Solo estoy viendo qué sucede.

—Infórmalo —dije, mientras ajustaba el cinturón alrededor del muslo superior de la monja y lo apretaba bien—. Necesitamos dos ambulancias de inmediato.

El chorro de sangre se detuvo. Podía escuchar a mi compañero hacer la llamada por la radio.

Los ojos de la monja revolotearon y empezaron a cerrarse.

—Hermana —dije—. ¿Qué pasó? ¿Quién le disparó?

Sus ojos se abrieron con un parpadeo. Me miró boquiabierta, desorientada por un instante, antes de que su atención se desviara más allá de mí. Abrió más los ojos y la piel de sus mejillas se estiró de terror.

Tomé mi pistola, giré y la alcé. Vi a Sampson de espaldas hacia a mí, la radio contra la oreja, pistola abajo, y luego una puerta al fondo de la cocina. Estaba abierta y revelaba una alacena grande.

Vi a un hombre agazapado en postura de pelea en la puerta de la alacena.

Tenía los brazos en cruz y en las manos sostenía sendas pistolas niqueladas, una apuntando a Sampson y la otra a mí.

Con todo el entrenamiento que por fortuna había recibido en el transcurso de los años podría creerse que haría lo que hace instintivamente un policía veterano que enfrenta a un agresor armado: que de inmediato habría registrado en mi cerebro *¡hombre armado!* y le habría disparado al instante.

Pero por un momento no escuché ese *¡hombre armado!*, petrificado porque se trataba de alguien a quien conocía y que había muerto hace mucho, mucho tiempo.

CAPÍTULO 3

EN ESE MISMO INSTANTE, disparó con las dos pistolas. Al viajar menos de diez metros, la bala me pegó tan fuerte que me lanzó hacia atrás. Mi cabeza chocó contra el concreto y todo se puso negro como la noche, como si diera vueltas y me escurriera por un tubo oscuro antes de escuchar un tercer disparo, y luego un cuarto.

Algo cayó cerca de mí y me arrastré hacia delante, hacia el sonido, hacia la conciencia, viendo que la negrura cedía, inconexa e incompleta, como un rompecabezas al que le faltan piezas.

Pasaron cinco, quizá seis segundos antes de que encontrara más piezas y supiera quién era yo y qué había ocurrido. Pasaron dos segundos más antes de darme cuenta de que había recibido la bala directamente en el chaleco de kevlar que me cubría el pecho. Se sentía como si me hubieran pegado con un mazo en las costillas y propinado una patada veloz en la cabeza.

Un momento después sujeté mi pistola y busqué a...

John Sampson estaba tirado en el suelo, junto a los fregaderos; parecía como si su enorme cuerpo se hubiera contraído, hasta que empezó a sacudirse eléctricamente y vi la herida en la cabeza.

—No —grité, me puse en alerta de nuevo y me tambaleé hasta su lado.

Sampson tenía los ojos en blanco y le temblaban. Tomé la radio del suelo detrás de él, oprimí el transmisor y dije: —Aquí el detective Alex Cross. Diez-Cero-Cero. Repito. Oficial caído. Avenida Monroe y la Doce, Noreste. Cocina de la Escuela Católica de St. Anthony. Varios disparos. Diez Cincuenta y Dos urgen de inmediato. Repito. ¡Nos urgen múltiples ambulancias y un helicóptero de emergencias para oficial con herida en la cabeza!

—Las ambulancias y patrullas están en camino, detective —respondió el despachador—. Tiempo estimado de llegada, veinte segundos. Llamaré al helicóptero de urgencias. ¿Tienen al tirador?

—No, maldita sea. Llame al helicóptero.

La llamada se cortó. Bajé la radio. Solo entonces volví la mirada hacia el mejor amigo que haya tenido jamás, el primer chico que conocí después de que Nana Mama me trajera aquí de Carolina del Sur, el hombre con el que crecí, el compañero de quien dependí más veces de las que pueda contar.

Los espasmos se calmaron, Sampson puso los ojos en blanco y resolló.

–John –dije, arrodillándome junto a él y tomándole la mano–. Resiste, ya llega la caballería.

Parecía no escuchar; tenía la mirada perdida más allá de mí, hacia la pared.

Comencé a llorar. No podía parar. Temblaba de pies a cabeza, y entonces quise disparar al hombre que había hecho esto. Quise dispararle veinte veces, destruir por completo a ese engendro que se había levantado de entre los muertos.

Las sirenas se acercaron de seis direcciones. Me enjugué las lágrimas y luego apreté la mano de Sampson, antes de obligarme a ponerme de pie de nuevo y salir de vuelta a la cafetería, donde entraban corriendo los primeros oficiales de policía, seguidos de un par de paramédicos con los hombros moteados de copos de nieve derretidos.

Inmovilizaron la cabeza de Sampson, lo pusieron en una tabla y después lo pasaron a una camilla. En menos de seis minutos lo tenían cubierto de mantas y lo movían. Afuera nevaba con fuerza. Esperaron dentro, frente a la puerta principal de la escuela, a que llegara el helicóptero, y le pusieron vías intravenosas en las muñecas.

Tuvo otra convulsión. El párroco, el padre Fred Close, llegó y le dio la extremaunción a mi compañero.

Pero mi amigo seguía aguantando cuando llegó el helicóptero. Aturdido, los seguí afuera a una intensa tormenta de nieve. Tuvimos que protegernos los ojos y agacharnos bajo el cegador aire de la hélice para poder meter a Sampson a bordo.

—¡Nosotros nos encargamos ahora! —me gritó un paramédico.

—Ni muerto me apartaré de su lado —respondí mientras me subía junto al piloto y me colocaba un casco—. Vamos.

El piloto esperó a que cerraran las puertas traseras y que la camilla estuviera bien ajustada antes de acelerar el helicóptero. Empezamos a elevarnos y solo entonces vi, entre el remolino de nieve, que se formaban multitudes detrás de las barricadas colocadas en un perímetro alrededor del complejo de la escuela y la iglesia.

Giramos en el aire y volvimos a sobrevolar la calle Doce, elevándonos sobre la multitud. Bajé la mirada entre la espiral de nieve y vi que todos agachaban la cabeza con el flujo de aire del helicóptero. Todos menos uno: un hombre con el rostro levantado miraba directamente el helicóptero de urgencias, sin importarle el ardor del martilleo de la nieve.

—¡Es él! —dije.

—¿Detective? —escuché la voz del piloto entre el ruido de la radio en mi casco.

—¿Cómo llamo a la central? —pregunté mientras tiraba del cable del micrófono.

El piloto se inclinó hacia mí y apretó un interruptor.

—Habla el detective Alex Cross —dije—. ¿Quién es el detective supervisor que se dirige a la escuela de St. Anthony?

—Su esposa, la jefe Stone.

–Comuníqueme con ella.

Transcurrieron cinco segundos mientras acelerábamos y nos precipitábamos hacia el hospital.

–¿Alex? –dijo Bree–. ¿Qué ocurrió?

–Le dieron a John, Bree –dije–. Estoy con él. Cierra la escuela, cuatro cuadras a la redonda. Ordena una búsqueda de puerta en puerta. Acabo de ver al tirador en la calle Doce, una cuadra al oeste de la escuela.

–¿Descripción?

–Es Gary Soneji, Bree –respondí–. Baja su foto de Google y mándala a todos los policías de la zona.

Hubo silencio en la línea antes de que Bree dijera con compasión: –Alex, ¿*estás* bien? Gary Soneji lleva años muerto.

–Si está muerto, entonces acabo de ver un fantasma.

CAPÍTULO 4

NOS GOLPEABAN LOS VIENTOS y enfrentamos una nevasca casi total al tratar de aterrizar en el helipuerto sobre el centro médico George Washington. Al final bajamos en el estacionamiento junto a la entrada de urgencias, donde nos recibió un equipo de enfermeros y médicos.

Metieron a Sampson y lo conectaron a monitores mientras el doctor Christopher Kalhorn, neurocirujano, le limpiaba parte de la sangre de un costado y le examinaba las heridas de la cabeza.

La bala había entrado en el cráneo de Sampson, en un ángulo pequeño, alrededor de dos pulgadas arriba del puente de la nariz. Había salido un poco más adelante de su sien izquierda. Esa segunda herida tenía aproximadamente el tamaño de una canica, aunque abierta e irregular, como si la bala hubiera sido una punta hueca que se rompió y resquebrajó al pasar por el hueso.

—Hay que entubarlo, darle Propofol y ponerlo en un baño

de hielo con un casco refrigerante −dijo Kalhorn−. Bájenle la temperatura a treinta y tres grados, llévenlo a hacerle una tomografía y luego al quirófano. Tendré un equipo en espera.

Los médicos y enfermeras de urgencias entraron en acción. En breve habían introducido un tubo de respiración en la garganta de Sampson y lo llevaban a toda velocidad. Kalhorn se dio la vuelta para partir. Le mostré mi insignia y lo detuve.

−Es mi hermano −afirmé−. ¿Qué le digo a su esposa?

El doctor Kalhorn se puso serio.

−Dígale que haremos todo lo posible para salvarlo. Y que rece. Usted también hágalo, detective.

−¿Qué posibilidades tiene?

−Rece −dijo, empezó a trotar y desapareció.

Me quedé parado en un área vacía de la sala de urgencias, mirando la sangre oscura que teñía las almohadillas de gasa usadas para limpiar la cabeza de Sampson.

−No se puede quedar aquí, detective −dijo una de las enfermeras con compasión−. Necesitamos el espacio. Con esta tormenta hay accidentes viales por toda la ciudad.

Asentí, me di la vuelta y me alejé sin rumbo definido, preguntándome a donde ir, qué hacer.

Salí a la sala de espera de urgencias y vi a veinte personas en los asientos. Se quedaron mirando mi pistola, la sangre de mi camisa y el hoyo negro donde me había dado la bala de Soneji. No me importó qué pensaran. No me...

Escuché las puertas automáticas abrirse con un suspiro detrás de mí.

Una voz temerosa gritó: "¿Alex?"

Me di la vuelta. Billie Sampson estaba parada ahí, con su ropa quirúrgica rosa y un abrigo de plumas, temblando de pies a cabeza por el frío y por la amenaza de algo mucho más implacable.

—¿Cómo está?

Billie es enfermera quirúrgica, así que no tenía sentido decir vaguedades. Describí la herida. Su mano voló primero hacia su boca, pero luego sacudió la cabeza.

—Está mal. Tiene suerte de estar vivo.

La abracé y le dije:

—Es un hombre fuerte. Necesitará tus oraciones. Necesitará todas nuestras oraciones.

La fuerza de Billie se esfumó. Empezó a gemir y a sollozar contra mi pecho; la abracé con más fuerza. Cuando levanté la cabeza, la gente de la sala de espera nos miraba preocupada.

—Salgamos de aquí —masculló, y llevé a Billie afuera, hacia el pasillo y la capilla.

Entramos. Por fortuna, estaba vacía. Tranquilicé a Billie lo suficiente para contarle lo que había pasado en la escuela y después de eso.

—Lo metieron en un coma químico y están superenfriando su cuerpo.

—Para reducir la inflamación y el sangrado —dijo ella, asintiendo.

—Y los neurocirujanos de aquí son los mejores. Ya está en sus manos.

–Y en las de Dios –dijo Billie mientras miraba la cruz en la pared de la capilla, para luego alejarse de mí y arrodillarse.

La alcancé, nos tomamos de la mano y rogamos la misericordia de nuestro salvador.

CAPÍTULO 5

LAS HORAS TRANSCURRIERON COMO días mientras esperábamos afuera de la unidad quirúrgica. Bree apareció antes de mediodía.

—¿Nada? —preguntó.

Negué con la cabeza.

—Billie —dijo Bree, abrazándola—. Vamos a encontrar a quien hizo esto a John, te lo prometo.

—¿No encontraste a Soneji? —le pregunté, incrédulo—. ¿Cómo pudo escapar si acordonaron la zona?

Mi esposa me volteó a ver, estudiándome.

—Soneji está muerto, Alex. Tú hiciste todo, menos matarlo.

Me quedé boquiabierto y parpadeé varias veces.

—¿Quieres decir que no enviaste su foto? ¿No lo buscaste?

—Buscamos a alguien que se pareciera a Soneji —respondió Bree a la defensiva.

—No —dije—. Estaba a menos de diez metros de distancia y la luz iluminaba su rostro. Era él.

—Entonces explica cómo un hombre que prácticamente se

desintegró frente a tus ojos puede reaparecer más de una década después –dijo Bree.

–No puedo explicarlo –dije–. Yo... quizá necesito café. ¿Quieren?

Negaron con la cabeza; me levanté y me dirigí a la cafetería del hospital, viendo recuerdos de hace mucho tiempo.

Metí a Gary Soneji en la cárcel después de una ola de secuestros y asesinatos que amenazaron a mi familia. Escapó varios años después y prefirió construir bombas. Detonó algunas y mató a varias personas antes de que lo ubicáramos en la ciudad de Nueva York. Lo perseguimos hasta la estación Grand Central, donde temíamos que hiciera estallar otra bomba. En vez de eso raptó a un bebé.

En cierto instante, Soneji levantó al bebé y me gritó: "Esto no acaba aquí, Cross. Vendré por ti, aunque tenga que salir de la tumba para hacerlo".

Luego nos arrojó al infante. Alguien la atrapó, pero Soneji escapó en el vasto sistema de túneles abandonados debajo de Manhattan. Lo rastreamos hasta ahí. Soneji me atacó en la oscuridad, me derribó y casi me mata antes de que pudiera dispararle. La bala le deshizo la mandíbula, le destrozó la lengua y le reventó el costado de una mejilla.

Soneji se alejó de mí a rastras, perdiéndose en la oscuridad. Debe haberse caído y debe haberse quedado tirado en el piso rocoso del túnel. El golpe activó una pequeña bomba que llevaba en el bolsillo. El túnel estalló en llamas color blanco candente.

Cuando lo alancé, Soneji estaba envuelto en ellas, doblado, y gritaba. Duró varios segundos antes de dejar de hacerlo. Me quedé ahí parado, viéndolo arder. Lo vi marchitarse y tornarse negro carbón.

Pero así como estaba seguro de ese recuerdo también lo estaba de haber visto a Gary Soneji esa mañana, un microsegundo antes de que tratara de dispararme al corazón y reventarle la cabeza a Sampson.

Vendré por ti, aunque tenga que salir de la tumba para hacerlo.

La burla de Soneji resonó en mi interior luego de tomar mi café.

Después de varios sorbos, decidí que debía dar por sentado que Soneji seguía muerto. Entonces había visto qué, ¿un doble? ¿Un impostor?

Supuse que era posible con cirugía plástica, pero el parecido era tan perfecto, del delgado bigote rojizo al cabello ralo, la expresión enloquecida y divertida.

Era él, pensé. *Pero ¿cómo?*

Esto no acaba aquí, Cross.

Vi a Soneji con tanta claridad entonces que temí por mi cordura.

Esto no acaba aquí, Cross.

Vendré por ti, aunque tenga que salir de la tumba para hacerlo.

CAPÍTULO 6

–¿ALEX?

Me sobresalté, casi dejé caer el café y vi a Bree corriendo en el pasillo hacia mí con recelo.

–Logró sobrevivir a la operación –dijo–. Está en cuidados intensivos. El médico hablará con Billie en unos momentos.

Los dos teníamos a Billie tomada de las manos cuando finalmente salió el doctor Kalhorn. Se veía agotado.

–¿Cómo está? –preguntó Billie, después de presentarse.

–Su marido es un luchador asombroso –dijo Kalhorn–. Murió una vez en la mesa, pero se reanimó. Además de la herida, tuvimos que lidiar con fragmentos de hueso y bala. Dos centímetros a la izquierda y uno de esos fragmentos habría dañado una arteria principal, y entonces tendríamos una conversación distinta.

–¿Entonces vivirá? –preguntó Billie.

–No puedo prometerlo –dijo Kalhorn–. Las próximas cuarenta y ocho a setenta y dos horas serán las más críticas. Tiene una enorme herida en la cabeza y un trauma severo en el lóbulo temporal superior izquierdo. Por ahora, lo mantendremos en el coma inducido médicamente y lo dejaremos así hasta notar una desinflamación importante del cerebro.

–Si logra salir adelante, ¿cuál es el pronóstico, si consideramos la extensión de la herida? –pregunté.

–No le puedo decir quién será, cuándo y si es que despierta –respondió el neurocirujano–. Queda en las manos de Dios.

–¿Podemos verlo? –preguntó Bree.

–Denle media hora –dijo Kalhorn–. Hay un torbellino a su alrededor por el momento. Mucha buena gente que lo está apoyando.

–Gracias, doctor –dijo Billie, intentando no volver a llorar–. Gracias por salvarlo.

–Fue un honor –afirmó Kalhorn, le dio una palmada en el brazo y nos sonrió a Bree y a mí antes de volver a la unidad de cuidados intensivos.

–Daños en el lóbulo temporal superior izquierdo –susurró Billie.

–Está vivo –dije–. Tratemos de centrarnos en eso. Cualquier otra cosa... lidiaremos con ella más adelante.

Bree la tomó de la mano y le dijo:

–Alex tiene razón. Rezamos por él durante la cirugía y ahora lo haremos para que despierte.

Pero Billie todavía se veía incierta cuarenta minutos después, cuando nos pusimos máscaras quirúrgicas, guantes y batas y entramos en el cuarto donde yacía Sampson.

Apenas se le veían los ojos entrecerrados por la hinchazón. Tenía la cabeza envuelta en un turbante de gaza, y tenía metidos tantos tubos y había tantos monitores y dispositivos que hacían *bip* y *clic* a su alrededor que de la cintura para arriba parecía más máquina que hombre.

—Ay, Dios, John —dijo Billie cuando llegó a su lado—. ¿Qué te hicieron?

Bree acarició la espalda de Billie, quien volvió a romper en llanto. Me quedé apenas unos minutos, pues no podía soportar ver a Sampson así.

—Volveré esta noche antes de ir a casa a dormir —dije—.

—¿Adónde vas? —preguntó Bree.

—A cazar a Soneji —respondí—. Es lo que John querría.

—Hay una tormenta de nieve afuera —dijo Bree—. Y los de Asuntos Internos van a querer escuchar tu informe sobre el tiroteo.

—Me importa un bledo Asuntos Internos en este momento —exclamé mientras caminaba hacia la puerta—. Y una tormenta de nieve es exactamente el tipo de situación caótica por la que vive Gary Soneji.

Bree no estaba contenta, pero suspiró y gesticuló hacia la bolsa de compras que llevaba con ella.

—Vas a necesitar tu abrigo, tu gorra y tus guantes si vas a salir a cazar a Soneji.

CAPÍTULO 7

LA TORMENTA DE NIEVE aullaba, un clásico viento del noreste con torrencial aguanieve que ya alcanzaba los veinte centímetros de profundidad. Solo se necesitan diez centímetros para volver un caos a Washington D.C. tanto que discuten si llamar a la Guardia Nacional.

Georgetown parecía un enorme estacionamiento. Caminé con esfuerzo hacia la estación del subterráneo de Foggy Bottom, mientras ignoraba mis pies completamente helados y revivía los viejos tiempos con el gran John Sampson. Lo conocí a los pocos días de mudarme a D.C. con mis hermanos, después de que muriera mi madre y mi padre y su asesino, desapareciera, presuntamente muerto.

John vivía con su madre y su hermana. Su papá había muerto en Vietnam. Estábamos en la misma clase de quinto grado. Él tenía diez años y era grande, incluso entonces. Yo también.

Eso nos llevó a una rivalidad natural, y al principio no nos agradamos mutuamente. Yo era más veloz que él, cosa que no le gustaba. Él era más fuerte que yo, cosa que a mí no me gustaba. La inevitable pelea que tuvimos resultó en empate.

Nos suspendieron por tres días por reñir. Nana Mama me llevó marchando a casa de Sampson para que me disculpara con él y con su madre por haber lanzado el primer puñetazo.

Fui, aunque nada contento. Cuando Sampson llegó a la puerta, igual de molesto, le vi el labio cortado y las contusiones alrededor de la mejilla derecha. Sonreí. Él vio la hinchazón alrededor de mis dos ojos y respondió con una sonrisa.

Los dos habíamos causado daños. Los dos habíamos ganado. Y eso fue todo: el fin de la guerra y el principio de la amistad más larga de mi vida.

Viajé en el subterráneo al otro lado de la ciudad y bajé caminado hacia St. Anthony por la nieve, esforzándome por no pensar en Sampson yaciente en la unidad de cuidados intensivos, más máquina que hombre. Pero la imagen volvía y volvía, y yo cada vez me sentía más débil, como si una parte de mí muriera.

Todavía había autos de la policía metropolitana estacionados frente a la escuela y dos furgonetas de la televisión. Me bajé la gorra de lana y me subí el cuello de la chaqueta. No quería hablar con ningún reportero sobre este caso. Jamás.

Mostré mi insignia al patrullero estacionado tras la puerta principal y me adentré en la cafetería y la cocina.

El padre Close apareció en la puerta de su oficina. Me reconoció.

–¿Y su compañero?

–Con daño cerebral, pero está vivo –respondí.

–Otro milagro, entonces –aseguró el padre Close–. La hermana Mary Elliot y Theresa Ball, la cocinera, también están vivas. Usted las salvó, doctor Cross. Si no hubiera estado ahí, me temo que los tres estarían muertos.

–No creo que eso sea cierto –repliqué–, pero gracias por decirlo.

–¿Alguna idea de cuándo pueda recuperar mi cafetería y cocina?

–Preguntaré a los especialistas de la escena del crimen, pero creo que mañana sus estudiantes tendrán que traer su propio almuerzo y comerlo en el salón. Cuando hay un tiroteo que involucra a un policía los peritos forenses son rigurosos con cada detalle.

–Como debe ser –dijo el padre Close. Me agradeció de nuevo y volvió a su oficina.

Regresé a la cafetería y me quedé ahí un momento, en el espacio vacío, escuchando las voces de la cocina, pero recordando los primeros disparos y cómo había reaccionado.

Fui a las puertas industriales de vaivén e hice lo mismo. Lo que hicimos fue de manual, decidí, y volví a empujarlas.

Miré hacia donde habían estado tiradas la cocinera y la monja, heridas, y después a donde Sampson había yacido agonizante, antes de volver la atención a la alacena. Aquí fue donde habíamos abandonado el manual. Pensándolo bien, debimos haber evacuado el resto del edificio antes de encargarnos de los enfermos. Pero parecía ser sangre femoral y...

Los tres técnicos en investigación de la escena del crimen seguían trabajando en la cocina. Bárbara Hatfield, una vieja amiga, estaba en la alacena. Me vio y se acercó de inmediato.

—¿Cómo está John, Alex?

—Resistiendo —le dije.

—Todos están conmocionados —dijo Hatfield—. Y hay algo aquí que debes ver, algo para lo que te iba a llamar al rato.

Me condujo a la alacena, con sus estantes de piso a techo cargados de alimentos y provisiones para la cocina y un congelador comercial grande y brillante hasta el fondo.

Las palabras escritas con pintura en aerosol en dos líneas sobre la cara del refrigerador me pararon en seco.

—¿Verdad? —dijo Hatfield—. Me pasó lo mismo.

CAPÍTULO 8

ME LEVANTÉ A LAS cuatro de la madrugada del día siguiente, me escabullí de la cama sin despertar a Bree y, con tres horas de sueño, volví a hacer lo que había estado haciendo. Fui por una taza de café y subí al tercer piso, a mi estudio, donde había estado revisando mis archivos sobre Gary Soneji.

Tengo expedientes sobre todos los delincuentes; el de Soneji era el más voluminoso: seis archivos, de hecho, todos a reventar. Esa mañana me había quedado en medio de uno que tenía apuntes tomados durante el secuestro del hijo del secretario de finanzas estadunidense y la hija de una actriz famosa.

Intenté concentrarme; traté de remasterizar los detalles. Pero bostecé después de dos párrafos, bebí café y pensé en John Sampson.

Pero solo brevemente. Decidí que sentarme a su lado le ayudaba muy poco. Era mejor buscar al hombre que le había metido un tiro en la cabeza a John. Así que leí y releí; tomé nota de los cabos sueltos, de las líneas de indagación abandonadas que Sampson y yo habíamos seguido durante años, pero que no habían llevado a ningún lado.

Después de una hora, hallé un viejo esquema genealógico que hicimos con los alguaciles sobre la familia de Soneji después de que éste escapara de la cárcel. Al repasarla, me di cuenta de que dejamos que los alguaciles manejaran la pura cacería del fugitivo. Vi varios nombres y parientes con los que nunca había hablado y tomé nota.

Busqué los nombres en Google y vi que dos de ellos aún vivían en las direcciones anotadas en el esquema. ¿Cuánto tiempo había pasado? ¿Trece, catorce años?

Por otro lado, Nana Mama y yo habíamos vivido en la casa de la Quinta por más de treinta años. Los estadunidenses echamos raíces de vez en cuando.

Eché una mirada al reloj; vi que pasaban de las cinco y me pregunté a qué hora podría hacer algunas llamadas. Pero entonces pensé que no; es mejor hacer esas cosas en persona. Sin embargo, la tormenta. Me acerqué a la ventana en la buhardilla de la oficina, tiré de ella hacia arriba y me asomé.

Para mi sorpresa, llovía a cántaros y hacía considerablemente más calor. Casi toda la nieve había desparecido. Estaba decidido. Saldría a manejar en cuanto hubiera suficiente luz para ver.

Regresé a mi escritorio y pensé en volver a bajar para darme un duchazo, pero temí despertar a Bree. Su trabajo como jefe de detectives de la policía metropolitana era lo suficientemente estresante, sin tener que lidiar con la presión adicional de un tiroteo de policías.

Intenté volver a los archivos sobre Soneji, pero en su lugar abrí una fotografía en la computadora. La había tomado la tarde anterior. Mostraba el congelador y las palabras escritas con pintura en aerosol que el tirador había dejado atrás:

MUERTE A CROSS
¡Larga vida a Soneji!

Era obvio que yo era el blanco. ¿Por qué no? Soneji me odiaba tanto como yo a él.

¿Acaso Soneji esperaba que Sampson estuviera conmigo? Las dos pistolas que disparó me decían que sí. Cerré los ojos y lo vi ahí, en la entrada, los brazos en forma de cruz, la pistola izquierda apuntando hacia mí y la derecha a Sampson.

Algo me molestaba. Volví al archivo y hurgué hasta confirmar mis recuerdos. Soneji era zurdo, lo que explicaba por qué había cruzado los brazos para disparar. Me apuntaba con su mano fuerte. Me quería muerto, sin importar lo que le pasara a John.

Decidí que por eso Soneji había disparado al centro de masa, y me pregunté si su tiro contra Sampson estaba mal dirigido, si le había dado por error a la cabeza de John.

Zurdo. Tenía que ser Soneji. Pero no podía ser él.

Frustrado, apagué la computadora, tomé mis notas y me escabullí de vuelta a la alcoba. Cerré la puerta del baño sin hacer ni pío. Después de ducharme y vestirme traté de salir con el pie ligero, pero hice crujir una duela.

—Estoy despierta, callada como una sombra —dijo Bree.

—Voy a Nueva Jersey —le avisé.

—¿Qué? —dijo ella, incorporándose y encendiendo la luz—. ¿Por qué?

—Voy a hablar con algunos parientes de Soneji, a ver si se ha puesto en contacto con ellos.

Bree negó con la cabeza.

—Está muerto, Alex.

—Pero ¿qué tal si la explosión que vi en el túnel la *causó* Soneji al pasar junto a algún vagabundo que vivía ahí? —dije—. ¿Qué si no vi a Soneji arder?

—¿Nunca hicieron pruebas de ADN a los restos?

—No era necesario. Lo vi morir. Lo identifiqué, así que nadie lo revisó.

—Por Dios, Alex —dijo Bree—. ¿Es posible? ¿Cómo se veía el rostro del tirador?

—Como el de Soneji —repliqué, frustrado.

—Bueno, pero ¿su mandíbula se parecía a la de Soneji? ¿Su lengua? ¿Dijo algo?

—No dijo una sola palabra, pero ¿su rostro? —fruncí el ceño y pensé en eso—. No lo sé.

—Dijiste que había buena luz. Dijiste que lo viste con claridad.

¿Era tan buena la luz? Me sentí un tanto inseguro, pero

cerré los ojos y traté de evocar más del recuerdo para enfocarlo mejor.

Vi a Soneji parado en la puerta de la alacena, los brazos en forma de cruz, la barbilla metida y... me miraba directamente. Disparó a Sampson sin siquiera apuntar. Era a *mí* a quien quería matar.

¿Y su mandíbula? Repasé el recuerdo una y otra vez antes de verlo.

—Había algo ahí —dije, mientras me pasaba los dedos por el lado izquierdo de la quijada.

—¿Una sombra? —dijo Bree.

Negué con la cabeza.

—Más como una cicatriz.

CAPÍTULO 9

TRES HORAS DESPUÉS, HABÍA dejado la autopista I-95 para ir por la Ruta 29, que corre paralela al río Delaware. Me dirigí río arriba y pronto advertí que no estaba lejos del municipio de East Amwell, donde había sido secuestrado el bebé del aviador Charles Lindbergh en 1932.

Gary Soneji se había obsesionado con el caso Lindbergh. Lo había estudiado al prepararse para los secuestros del finado Michel Goldberg, hijo del secretario de finanzas, y de Maggie Roe Dunne, hija de una actriz famosa.

Ya había notado antes en el mapa la proximidad entre East Amwell y Rosemont, donde había crecido Soneji. Pero no fue sino hasta que pasé por el diminuto asentamiento que me di cuenta de que Soneji había pasado los primeros años de su vida a menos de ocho kilómetros del sitio del secuestro Lindbergh.

Rosemont en sí era pintoresco y frondoso, con muros de roca que llevaban a campos verdes y empapados.

Traté de imaginar a Soneji como un niño en este ambiente

rural; intenté verlo descubrir el crimen del siglo. No habría tenido mucho respeto por los detectives de la policía que trabajaron en el caso Lindbergh. No, la obsesión de Soneji habría sido la información que rodeaba a Bruno Hauptmann, el criminal de carrera condenado y ejecutado por llevarse al bebé y destrozarle el cráneo.

Mi mente se inundó de recuerdos de haber entrado por primera vez en el departamento de Soneji y ver lo que en esencia era un santuario al caso Hauptmann y Lindbergh. En los apuntes que encontramos entonces, Soneji había fantaseado con ser Hauptmann en los días antes de que lo atraparan, cuando el mundo entero estaba obsesionado y especulaba sobre el misterio que el asesino había puesto en movimiento.

—Los criminales audaces cambian la historia —escribió Soneji—, se les recuerda mucho después de que ya no están, y eso es más de lo que puede decirse de los detectives que los persiguen.

Encontré la dirección sobre la Rosemont Ringoes Road y estacioné el auto en la banqueta después de la entrada para vehículos. La tormenta había menguado hasta transformarse en rocío cuando salí frente a una cabaña de tablas de madera gris y blanco incrustada entre los pinos.

El jardín no era denso y estaba esparcido de agujas de pino mojadas. El escalón de enfrente estaba quebrado y se ladeaba hacia un lado, así que tuve que recargarme contra el barandal de hierro para poder tocar el timbre.

Momentos después, revoloteó una de las cortinas. A los

pocos minutos de eso se abrió la puerta y reveló a un hombre calvo de setenta y tantos años. Estaba encorvado sobre una andadera y tenía un tubo de oxígeno que le llegaba hasta la nariz.

—¿Peter Soneji?

—¿Qué quiere?

—Soy Alex Cross, un...

—Ya sé quién es —espetó el padre de Gary Soneji con voz de hielo—. El asesino de mi hijo.

—Él solo se hizo estallar.

—Eso dice usted.

—¿Puedo hablar con usted, señor?

—¿Señor? —dijo Peter Soneji y rió cáusticamente—. ¿Ahora es "señor"?

—Hasta donde sé, usted nunca tuvo nada que ver con la carrera criminal de su hijo —apunté.

—Diga eso a los reporteros que se han aparecido a mi puerta en el transcurso de los años —espetó el padre de Soneji—. Las cosas de las que me han acusado. Padre de un monstruo.

—No lo estoy acusando de nada, *señor Soneji* —dije—. Simplemente busco su perspectiva sobre algunos cabos sueltos.

—Con todo lo que hay en internet sobre Gary, uno creería que no quedan cabos sueltos.

—Estas son preguntas de mis archivos personales —expliqué.

El padre de Soneji me miró larga y consideradamente antes de decir:

—Déjelo así, detective. Gary está muerto desde hace mucho. Por lo que a mí respecta, mejor así.

Trató de cerrarme la puerta en la cara, pero lo detuve.

—Puedo llamar al comisario —protestó Peter Soneji.

—Solo una pregunta y luego me voy —dije—. ¿Cómo se obsesionó Gary con el secuestro Lindbergh?

CAPÍTULO 10

DOS HORAS DESPUÉS, MIENTRAS manejaba por las afueras de Crumpton, Maryland, todavía batallaba con la respuesta que me había dado el padre de Soneji. Parecía ofrecer una nueva perspectiva sobre su hijo, pero aún no lograba explicar cómo o por qué.

Encontré la segunda dirección. La finca había sido alguna vez de un alegre color amarillo, pero la pintura se estaba descascarando y estaba manchada de un moho oscuro. Todas las ventanas estaban cerradas con el tipo de barras de hierro que se ven en las grandes ciudades.

Mientras cruzaba el patio de adelante hacia el porche espanté a varios pichones y los ahuyenté de entre las yerbas muertas. Escuché una voz extraña que hablaba en alguna parte detrás de la casa.

El porche estaba dominado por varias viejas herramientas mecánicas, tornos y demás, alrededor de las cuales tuve que pisar para tocar una puerta de acero con tres cerraduras de seguridad.

Toqué una segunda vez, y estaba pensando que debería de rodear la casa hacia donde había escuchado la voz rara. Pero entonces las cerraduras se abrieron una por una.

Se abrió la puerta y apareció una mujer de cabello oscuro de cuarenta y tantos años, nariz filosa y opacos ojos marrón. Llevaba puesto un overol de lona marca Carhartt de una sola pieza, manchado de grasa, y cargaba al frente un rifle estilo AR con un gran cargador curvo.

–Vendedor, está parado en mi propiedad sin invitación –dijo–. Tengo razones justificadas de sobra para dispararle donde está parado.

Le mostré mi insignia e identificación y dije:

–No soy vendedor. Soy policía. Debí llamar antes por teléfono, pero no tenía el número.

En vez de calmarla, eso solo la agitó más.

–¿Qué está haciendo la policía a la puerta de la dulce Ginny Winslow? ¿Buscan perseguir a una amante de las armas?

–Solo le quiero hacer algunas preguntas, señora Soneji –dije.

La viuda de Soneji respingó al escuchar el nombre y se enojó violentamente.

–Me cambié el nombre legalmente a Virginia Winslow hace ya casi siete años y todavía no puedo quitarme el hedor de Gary de la piel. ¿Cómo se llama usted? ¿Con quién está?

–Alex Cross –dije –de D.C., de...

Se endureció y dijo:

—Ya sé quién es. Lo recuerdo de la tele.

—Sí, señora.

—Nunca vino a hablar conmigo. Solo esos alguaciles federales. Como si no existiera.

—Ya estoy aquí para hablar —afirmé.

—Demasiado tarde, por diez años. Lárguese de mi propiedad antes de que asuma mis derechos de la Segunda Enmienda y...

—Vi al padre de Gary esta mañana —dije—. Me contó sobre cómo empezó la obsesión de su hijo con el secuestro de los Lindbergh.

Frunció el ceño.

—¿Cómo dice?

—El papá de Gary dice que cuando su hijo tenía ocho años estaban en una tienda de libros usados y que mientras él se paseaba por los estantes el chico halló un ejemplar destartalado de *Misterios verdaderos de detectives*, una revista de crimen de los años treinta, y se sentó a leerlo.

Con el dedo todavía puesto en el rifle semiautomático, Virginia Winslow se encogió de hombros.

—¿Y eso qué?

—Cuando el señor Soneji encontró a Gary, su hijo estaba sentado en el suelo de la librería con la revista en el regazo y miraba con fascinación la imagen de la autopsia del bebé Lindbergh, que mostraba la herida de la cabeza con detalles escabrosos.

Ella se me quedó viendo con la mandíbula floja, como si recordara algo que la había asustado y disgustado.

–¿Qué pasa? –le pregunté.

La viuda de Soneji se volvió a endurecer.

–Nada. No me sorprende. Solía encontrarlo viendo fotos de autopsias. Siempre decía que escribiría un libro y que tenía que verlas por cuestiones de investigación.

–¿Usted no le creyó?

–Le creí hasta que mi hermano Charles notó que Gary siempre se ofrecía para sacar las entrañas a los venados que cazaban –dijo–. Charles me contó que a Gary le gustaba hundir las manos en las tripas tibias, decía que le gustaba la sensación y que se ponía todo radiante y luminoso cuando lo hacía.

CAPÍTULO 11

–TAMPOCO YO SABÍA ESO sobre Gary –dije.

–¿De qué se trata todo esto? –me preguntó Virginia Winslow, esta vez estudiándome.

–Le dispararon a un policía en D.C. –informé–. El tirador fue un hombre que cumple con la descripción de Gray.

Esperaba que la viuda de Soneji respondiera con absoluto escepticismo. Pero en vez de eso, se veía asustada y disgustada de nuevo.

–Gary está muerto –dijo–. *Usted* lo mató, ¿no es así?

–Se mató él solo –repliqué–. Detonó la bomba que cargaba.

Su atención revoloteó hacia las tablas de la casa.

–Eso no es lo que están diciendo en internet.

–¿Qué están diciendo en internet?

–Que Gary está vivo –afirmó–. Nuestro hijo, Dylan, dijo que lo leyó en línea. Gary está muerto, ¿no es así? Por favor, dígame que sí.

Por la manera en que apretó el rifle supe que necesitaba escucharlo, así que dije:

—Hasta donde sé, Gary Soneji está muerto y lleva muerto más de diez años. Pero alguien que se parecía mucho a él disparó ayer a mi compañero.

—¿Qué? —dijo—. No.

—No es él —dije—. Estoy casi seguro.

—¿Casi? —preguntó, antes de que empezara a sonar un teléfono dentro la casa.

—Yo... tengo que contestar —dijo—. Trabajo.

—¿Qué clase de trabajo?

—Soy maquinista y armera —contestó—. Mi padre me enseñó el oficio.

Cerró la puerta antes de que pudiera comentar. Recorrió los pestillos uno por uno.

Casi me voy, pero entonces, al recordar esa voz que había escuchado al llegar, me di la vuelta por la finca y vi un pequeño granero abandonado por donde volaban docenas de palomas.

Escuché que alguien hablaba en el granero y me acerqué caminando.

Clic-a-t-clac. Clic-a-t-clac.

Los pichones se asustaron y se arremolinaron por la puerta del granero.

Había una ventana sucia. Me acerqué, me asomé y a pesar de la mugre vi a Dylan Winslow, de dieciséis años, parado ahí, junto a un palomar grande, mirando al vacío.

Dylan no se parecía en nada a su padre. Tenía el cabello

naturalmente oscuro de su madre, una nariz filosa y los mismos opacos ojos marrón. Era casi obeso, con apenas una barbilla, más bien unas mejillas que le colgaban y se unían a una papada sobre su manzana de Adán.

–Tienen que aprender su lugar –le dijo a nadie–. Tienen que aprender a estar calladas. Control emocional. Es la clave para una vida feliz.

Luego se dio la vuelta, caminó junto al palomar y restregó un aro de llaves por la malla de metal.

Clic-a-t-clac. Clic-a-t-clac.

El sonido agitó a las palomas, que se golpearon contra sus jaulas.

–Ya cállense –dijo Dylan con firmeza–. Deben aprender a tener control.

Luego se giró en un talón y comenzó a caminar hacia mí, rastrillando las jaulas de nuevo.

Clic-a-t-clac. Clic-a-t-clac.

Apareció una sonrisita perturbadora en el rostro del adolescente y un júbilo aún más preocupante en sus ojos. Tengo un doctorado en Psicología Criminal y he estudiado a fondo a los asesinos seriales. Muchos de ellos crecen torturando a los animales por diversión.

¿Lo habrá hecho el padre de Dylan?

Di un paso dentro del granero. El hijo de Gary Soneji estaba de espaldas a mí otra vez y se alejaba caminando mientras rastrillaba el frente de las jaulas.

Clic-a-t-clac. Clic-a-t-clac.

Di un par de pasos más y noté un trozo grande de cartón clavado contra uno de los postes de soporte del granero.

Había una diana de papel bien usada, pegada con cinta al cartón, con seis dardos que sobresalían de ella. La diana mostraba un blanco sobrepuesto al rostro de un hombre. Lo habían usado tantas veces que al principio no supe quién era el hombre.

Luego lo supe.

—¿Quién demonios es usted? —preguntó Dylan, y luego me miró boquiabierto cuando lo volteé a ver.

—Por lo visto —dije— soy tu diana.

CAPÍTULO 12

DYLAN WINSLOW FRUNCIÓ LOS labios con ira que bullía desde hace mucho y dijo:

—Si mamá me lo permitiera, usaría una de sus pistolas para eso en vez de dardos.

¿Qué le diría al hijo trastornado del criminal a quien le disparé en la cara y a quien vi arder?

—Puedo entender lo que sientes —afirmé.

—No, no puede —dijo con una sonrisa burlona—. ¿Es una visita oficial, detective Alex Cross?

—De hecho —dije—, anoche, un hombre cuya descripción coincide con la de tu padre muerto le dio un balazo en la cabeza a mi compañero.

Desapareció la expresión burlona de Dylan y la remplazó un abrir de ojos y esa sonrisa perturbadora y de júbilo que había visto antes.

—Entonces es cierto lo que están diciendo.

—¿Qué están diciendo?

–Que no atrapó a mi padre –dijo Dylan–. Que escapó por los túneles, mal herido, pero vivo, y que sigue vivo. ¿Eso es lo que usted me está diciendo también?

Parecía haber tanta esperanza en su rostro que, necesitara ayuda psicológica o no, no la quería destrozar.

–Si no fue tu padre quien le disparó a mi compañero, era su gemelo.

Dylan empezó a reír. Rió tanto que le brotaron lágrimas de los ojos.

Se golpeó el pecho y dijo:

–¡Lo sabía! ¡Lo sentí justo aquí!

Cuando se detuvo, pregunté:

–¿Qué crees que suceda? ¿Qué aparezca de repente y te rescate?

Dylan se comportó como si le hubiera leído la mente, pero luego respondió.

–Lo hará. Solo observe, no podrá hacer nada al respecto. Es como aseguran: papá siempre fue más listo que usted. Más paciente y más astuto que usted.

En vez de defenderme, dije:

–Tienes razón. Tu padre era más listo que yo, más paciente, más astuto.

–Todavía lo es. Eso dicen en internet.

–¿En qué sitio? –pregunté.

Dylan volvió a esbozar esa sonrisa perturbadora antes de decir:

–Uno al que no podría llegar ni en un millón de años, Cross –rió–. Ni en un millón de años.

–¿En serio? –pregunté–. ¿Qué tal si regreso con tu madre y le digo que volveré con una orden de cateo para llevarme todas las computadoras de tu casa?

La sonrisa de Dylan se estiró más.

–Adelante. No tenemos.

–¿Y qué tal todas las computadoras de tu escuela, de la biblioteca local, en cada lugar en donde dice tu madre que te conectas a la red?

Creí que eso lo sacudiría, pero no fue así.

–¡Adelante! –dijo–. Pero a menos que tenga un abogado presente, ya terminé de responder a sus preguntas y tengo palomas que alimentar.

O torturar, casi digo.

Pero me mordí la lengua, di la vuelta para partir y grité sobre el hombro:

–Un placer conocerte, Dylan. Es estupendo conocer al hijo de un viejo enemigo.

CAPÍTULO 13

YA PASABAN DE LAS seis cuando finalmente llegué a la unidad de cuidados intensivos del Centro Médico George Washington. La enfermera de la sala dijo que los signos vitales de Sampson habían sido irregulares casi todo el día y que parecía que había bajado poco, si es que lo había hecho, la inflamación del cerebro.

–¿Usted tiene algún tipo de enfermedad? –preguntó la enfermera.

–No que yo sepa. ¿Por qué?

–Por protocolo. El catéter que drena la herida es un camino abierto que lleva directamente al interior del cráneo en la curación de su amigo. Cualquier tipo de infección podría resultar catastrófica.

–Me siento perfectamente bien –dije, y me puse la bata, la máscara y los guantes.

Cuando abrí la puerta de un empujón, Billie se empezó a despertar en su sillón reclinable.

–¿Alex? ¿Eres tú?

–El hombre detrás de la máscara.

–Ni me lo digas –me recriminó y se levantó para abrazarme–. Llevo una puesta desde hace más de cuarenta horas y ya siento que me levanta ámpulas.

–¿Sus señas vitales?

Billie revisó los monitores que estaban conectados a su marido y dijo:

–No está mal por el momento, pero su presión se echó un clavado breve y aterrador hace unas cuatro horas. Creí que era un derrame, hasta que de repente logró salir.

–Dicen que ayuda que le hables a la gente que está en coma –dije.

–Estimula el cerebro –precisó y asintió–. En general, eso sucede con un coma que no se indujo, cuando no implicó ningún medicamento.

–Es lo mismo –dije, y me acerqué al lado de Sampson.

–Me tomaré unos minutos –me avisó Billie.

–Aquí estaré hasta que vuelvas –dije.

Apenas se fue, tomé la mano gigante de Sampson y le hice un recuento de la investigación del día, sin dejar fuera un solo detalle. Me sentí bien, como si fuera algo familiar y correcto, al hablar de todo eso con él, como si Sampson no estuviera medicado hasta la parte reptiliana de su cerebro, sino agudo y reflexivo y divertido como el demonio.

–Eso es todo –dije–. Y, sí, quiero hacer otro intento con la viuda y el chico de Soneji cuanto antes.

Se abrió la puerta. Billie volvió a entrar y en seguida varios de los monitores alrededor de Sampson empezaron a crepitar alarmados.

De golpe entró un equipo. Me empujaron a un rincón junto a Billie.

—Es su presión sanguínea otra vez —dijo Billie con voz temblorosa—. Dios, ni siquiera sé si su corazón pueda aguantar esto mucho más tiempo.

Noventa segundos después ya había pasado la crisis y habían mejorado sus signos vitales.

—No sé qué pasó —dije, perplejo—. Le estaba contando sobre la investigación y...

—¿Qué? —dijo Billie—. ¿Por qué hiciste eso?

—Porque le gustaría saber.

—No —dijo ella, negando con la cabeza—. Se acabó. Eso ya terminó, Alex.

—¿Qué terminó?

—Su carrera como policía —dijo Billie—. No importa cómo se recupere, esa parte de la vida de John terminó si quiere seguir siendo mi marido.

—John adora ser policía —aseguré.

—Sé que así es... era... pero ya se acabó —dijo Billie con voz áspera—. Lo cuidaré y defenderé a John hasta que uno de nosotros muera, pero desde ahora hasta entonces, quedan atrás sus días de portar pistola e insignia.

CAPÍTULO 14

–TIENE DERECHO A EXIGIR eso –dijo Bree después en la cafetería del hospital–. John recibió un balazo en la cabeza, Alex.

–Lo sé –dije, frustrado y desconsolado.

Sentía como si parte de John hubiera muerto y nunca fuera a volver. Y nunca volvería a ser lo mismo entre nosotros, al menos como compañeros. También eso había muerto.

Se lo expliqué a Bree, quien puso sus manos sobre las mías y dijo:

–Nunca tendrás un mejor amigo que John Sampson. Esa amistad, ese feroz vínculo que comparten nunca se romperá, incluso cuando ya no sea policía, hasta si ya no es tu compañero. ¿Está bien?

–No –respondí y empujé mi plato–, pero tendré que aprender a vivir con ello.

–No has comido ni tres bocados –protestó Bree y gesticuló hacia el plato.

–No tengo apetito –dije.

–Entonces oblígate a hacerlo –me pidió Bree–. En especial la proteína. Debes tener la mente en plena forma si vas a encontrar a Soneji.

Me reí suavemente.

–Siempre me estás cuidando.

–Siempre que pueda, amor.

Comí mucho más y lo bajé todo con tres vasos completos de agua.

–No es exactamente la cocina de Nana Mama –dije.

–Estoy segura de que deben quedar sobras –dijo Bree.

–¿Estás tratando de engordarme? –le pregunté.

–Me gusta que estés un tanto acojinado.

No supe qué responder y los dos soltamos la carcajada. Luego volteé y vi a Billie parada en la puerta, mirándonos con una expresión de amargura y anhelo. Se dio la vuelta y se fue.

–¿Voy a buscarla? –pregunté.

–No –dijo Bree–. Yo hablo con ella mañana.

–¿Vamos a casa?

–A casa.

Salimos del hospital y cruzábamos una plaza triangular para llegar a la estación Foggy Bottom del subterráneo cuando sonó el primer disparo.

Escuché el crujido seco del cañón al estallar. Sentí que la bala zumbaba junto a mi oído izquierdo, sujeté a Bree y la tiré al suelo, junto a dos pilas de diarios. La gente gritaba y se dispersaba.

–¿Dónde está? –preguntó Bree.

—No lo sé —respondí antes de que un segundo y tercer disparos quebraran el vidrio de un exhibidor de diarios y resonaran en otro.

Luego escuché el rechinar de neumáticos y me levanté justo a tiempo para ver una furgoneta blanca rugir hacia el norte por la calle Veintitrés, al noroeste, hacia Washington Circle y una docena de rutas de escape. Mientras la camioneta pasaba volando junto a nosotros logré ver al conductor.

Gary Soneji me miraba como si posara para una fotografía mental, con una sonrisa de lunático y el pulgar derecho levantado, el dedo índice extendido, como si fuera una pistola con la que me apuntara justo a mí.

Fue tal mi conmoción que pasó otro instante antes de que comenzara a cruzar la plaza corriendo hasta la Veintitrés, para tratar de ver las placas. Pero las luces de la placa estaban opacas y la camioneta desapareció pronto entre el tránsito del atardecer, con dirección a quién sabe qué cuchitril que Gary Soneji llamara hogar hoy en día.

—¿Lo viste? —pregunté a Bree, quien estaba sobresaltada, pero avisaba de los disparos a la central.

Negó con la cabeza después de terminar.

—¿Tú sí?

—Era él, Bree. Gary Soneji, de carne y hueso. Como si no hubiera estallado y ardido, como si no hubiera pasado la última década en una caja a dos metros bajo tierra.

CAPÍTULO 15

A LA MAÑANA SIGUIENTE, llamé al George Washington para que me informaran sobre el estado de Sampson. Sus signos vitales habían vuelto a desestabilizarse. Una parte de mí decía *ve al hospital*, pero en vez de eso manejé hacia Quantico, Virginia, al laboratorio del FBI.

Durante casi siete años trabajé para el Buró en el Departamento de Ciencias del Comportamiento como consultor de tiempo completo, y cuando me fui lo hice en buenos términos. Tengo muchos amigos que siguen trabajando en Quantico, entre ellos mi antiguo compañero, Ned Mahoney.

Llamé antes y me recibió en la reja, para asegurarse de que me dieran un trato VIP al pasar por seguridad.

–¿De qué otra cosa sirve tener amigos en las altas esferas? –preguntó Mahoney cuando se lo agradecí–. ¿Cómo está John?

Le di un breve resumen para actualizarlo sobre Sampson y mi investigación.

–¿Cómo podría estar vivo Soneji? –inquirió Mahoney–. Yo estaba ahí, ¿recuerdas? Yo también lo vi arder. Era él.

–¿Entonces quién era el tipo que disparó a Sampson y trató de matarme anoche? –pregunté–. Porque las dos veces que lo vi, mi cerebro gritó *¡Soneji!* Las dos veces.

–Oye, oye, Alex –dijo Mahoney, y me dio una palmada de preocupación en el hombro–. Respira hondo. Si es él, te ayudaremos a encontrarlo.

Aspiré profunda y largamente varias veces para evitar el torbellino de pensamientos y le pedí:

–Comencemos con la unidad de delitos cibernéticos.

Diez minutos después, pasamos por una puerta que no tenía cartel alguno para adentrarnos en un lugar más amplio, lleno de cubículos con mamparas bajas iluminadas con una tenue luz azul que, según Mahoney, aumentaba la productividad. Había tres, a veces cuatro pantallas de computadora en cada estación de trabajo.

–La única diferencia entre el poder en tecnología de la información que hay en esta sala y el que hay en una empresa como Google es el código de vestimenta –afirmó Mahoney.

–Tampoco tienen ping-pong –dije.

–Hay inquietudes en ese sentido –repuso Mahoney mientras se abría paso entre los cubículos.

–¿Hay posibilidad de que tengan ping-pong?

–Cuando el Buró comience a admitir que J. Edgar prefería las pantimedias –dijo, y se detuvo frente a la estación de trabajo que estaba en medio de la sala.

—¿Agente Batra? —dijo Mahoney—. Quiero presentarle a Alex Cross.

Una mujer india, menuda, de veintitantos años, con un conservador traje azul y zapatillas negras volteó de una de las cuatro pantallas de su estación. Se levantó rápidamente y extendió la mano, tan pequeña que se sentía como la de una muñeca.

—Agente especial Henna Batra —dijo—. Es un honor conocerlo, doctor Cross.

—El honor es mío.

—Dicen por ahí que la agente Batra e internet son uno mismo —aseguró Mahoney—. Si alguien te puede ayudar es ella. Pasa por la oficina cuando vayas de salida, Alex.

—Eso haré —prometí.

—Entonces —dijo la agente Batra, y se volvió a sentar— ¿qué está buscando?

—Un sitio web con conversaciones activas sobre Gary Soneji.

—Conozco el caso —dijo Batra—, lo estudiamos en la academia. Soneji está muerto.

—Evidentemente sus admiradores no lo creen y me gustaría ver que están diciendo acerca de él. Me advirtieron que no encontraríamos el sitio ni en un millón de años.

Con la agente especial Batra navegando en la red por medio de un enlace a una supercomputadora la búsqueda nos tomó un total de catorce minutos.

—Hay varios que mencionan a Soneji —dijo Batra, gesticulando hacia la pantalla, y luego se desplazó hacia abajo antes de hacer clic en un vínculo–, pero apuesto a que es éste el que busca.

Entorné los ojos para leer el vínculo.

–¿ZRXQT?

–Anónimo, o al menos un intento de anonimato –dijo Batra–. Está cerrado y encriptado. Pero le pasé un filtro que recogió rastros de comandos que entran y salen de ese sitio web. La densidad de menciones de Soneji en esos rastros está hasta las nubes, comparado con cualquiera de los otros sitios que hablan de él.

–¿No puede entrar?

–No dije eso –respondió Batra, como si la hubiera insultado–. ¿Toma té?

–Café –contesté.

Indicó hacia el otro lado del cuarto.

–Hay una sala de descanso por allá. Si fuera tan amable de traerme un poco de té caliente, doctor Cross. Para cuando vuelva yo ya debería haber entrado.

Me pareció un tanto cómico que Batra hubiera comenzado la conversación como mi subordinada y que ahora estuviera dándome órdenes. Por otro lado, yo no tenía la menor idea de cómo estaba haciendo su trabajo. Aunque pensándolo bien, ella y el internet eran uno mismo.

–¿Té oolong? –pregunté.

–Perfecto –dijo Batra, ya metida de lleno en su trabajo.

Encontré el café y el té, pero cuando volví aún estaba tecleando.

–¿Lo tiene?

–Todavía no –dijo irritada–. Es complejo, multinivel y...

Líneas de código empezaron a llenar la página. Por lo visto, Batra estaba haciendo una lectura veloz del código mientras pasaba, pues después de unos veinte segundos exclamó:

–Ah, por supuesto.

Introdujo otro comando en la computadora y apareció una página de inicio que mostraba un muro de cemento en algún edificio abandonado. En la pared, con letras de grafiti que chorreaban gotas negras, decía: *¡Larga vida a los Soneji!*

CAPÍTULO 16

NO LOS ABURRIRÉ CON una descripción página por página del sitio www.lossoneji.net. Es posible que todavía haya archivos de eso publicados en la red, para los que estén interesados.

Para los que se inclinen menos a explorar el lado oscuro de la red, basta con saber que Gary Soneji había desarrollado un culto en la década desde que lo vi arder: cientos de devotos digitales que lo adoraban con la especie de fervor que antes le habría dedicado a los encantadores de serpientes de los Montes Apalaches o a los Hare Krishna.

Se llamaban a sí mismos Los Soneji y parecían saber casi cada detalle de la vida del secuestrador y asesino múltiple. Además de una extensa biografía, había cientos de fotos sensacionalistas, vínculos a artículos y un foro de charla en línea donde los miembros discutían acaloradamente todo lo relacionado con Soneji.

¿Los temas más candentes?

El número uno ese día era *el tiroteo de John Sampson*.

Los Soneji en general estaban extáticos de que le hubieran disparado a mi compañero y que estuviera aferrado con las uñas a la vida, pero las que resaltaban eran unas cuantas publicaciones.

Napper2 escribió: Gary le dio a Sampson, carajo!

Gary volvió con todo, coincidió The Waste Man.

Lo único mejor sería poner a Cross en una cruz, escribió BlackHole.

Ese día llegará más temprano que tarde, dijo La Chica de Gary. Gary falló dos veces con Cross. No fallará a la tercera.

Aparte de ser el sujeto de una especulación homicida, algo me incomodaba de esa última publicación, la de La Chica de Gary. La estudié junto con las demás para tratar de descifrar qué tenía de distinto.

—Creen que está vivo —dijo la agente Batra.

—Sí, ese sería el tema candente número dos —precisé—. Echemos un ojo ahí, volvamos.

Hizo clic en el hilo "El hombre de la resurrección".

Cross lo vio, estaba cara a cara con Gary, escribió Sapper9. Me contaron que se cagó del miedo.

A Cross le dieron en el primer ataque, escribió Chosen One. El tino de Soneji es certero. Cross solo tuvo suerte.

Beemer contestó: Mi respeto por Gary es profundo, pero no está vivo. Es imposible.

Los creyentes entre Los Soneji se enfurecieron con Beemer por tener las agallas de desafiar el consenso. Lo atacaron de todos los lados. Como punto a su favor, no se dejó.

Yo como santo Tomás: muéstrenme la evidencia. ¿Puedo atravesar la mano de Soneji con el dedo? ¿Puedo ver dónde le atravesó la lanza el costado?

Podrías, si él confiara en ti como confía en mí, escribió La Chica de Gary.

¿Entonces lo has visto, CG?, escribió Beemer.

Tras una larga pausa, La Chica de Gary escribió: Así es. Con mis dos ojos.

¿Foto?, dijo Beemer.

Pasó un minuto, dos. Cinco después de su petición, Beemer escribió: Es gracioso lo real que pueden parecer las ilusiones.

Un segundo después parpadeó la pantalla y apareció una foto.

Tomada de noche, era una *selfie* de una mujer grande y musculosa de estilo gótico, exagerada con el negro sobre negro, incluso el labial. Tenía una sonrisa atrevida de oreja a oreja y estaba sentada en las piernas de un hombre pelirrojo de pelo ralo, cuyas manos yacían sobre el escote profundo y enfundado en cuero de la chica y cuyo rostro estaba hundido casi por completo en el cuello de ella.

Sin embargo, el otro cuarto, incluido el ojo derecho, era claramente visible.

Miraba directamente a la cámara con una expresión divertida y lasciva que parecía diseñada para burlarse de la lente y de mí. Sabía que algún día yo vería la foto y me enfurecería.

Estaba seguro de ello. Era el tipo de cosa que haría Soneji.

–¿Es él? –preguntó Batra–. ¿Gary Soneji?

–Se parece lo suficiente. ¿Puede rastrear a La Chica de Gary?

La agente cibernética del FBI lo pensó un momento y luego respondió:

–Deme veinte minutos, quizá menos.

CAPÍTULO 17

A LAS CINCO DE esa tarde, Bree y yo manejamos por la diminuta comunidad rural Flintstone, Maryland, pasamos por la oficina de correos, el Stone Age Cafe y Carl's Gas and Grub.

Encontramos una calle lateral que salía de la Ruta 144 y manejamos por una carretera angosta y boscosa hasta llegar a una casa de rancho recién pintada de verde, sin casas alrededor, dentro de un patio meticulosamente cuidado. Una reluciente Audi Q5 nueva estaba estacionada en la entrada.

–¿No me habías dicho que vivía de la beneficencia? –preguntó Bree.

–De vales de despensa también –respondí.

Nos estacionamos detrás del Audi y nos bajamos. Se escuchaba AC/DC a todo volumen en el interior de la casa. Fuimos a la puerta delantera; estaba entreabierta.

Intenté usar el timbre. No servía.

Bree tocó la puerta y llamó:

–¿Delilah Pinder?

No escuchamos respuesta alguna, con la excepción del aullido de una guitarra eléctrica con un bajo estruendoso de fondo.

–La puerta está abierta –exclamé–, vamos a revisar que esté bien.

–Adelante –dijo Bree.

Abrí la puerta de un empellón y me encontré en una habitación decorada con muebles de piel nuevecitos y una gran televisión curva de alta definición. La música seguía palpitando desde algún lugar más profundo de la casa.

Revisamos la cocina, vimos cajas de electrodomésticos que ni siquiera habían sido abiertas, y luego caminamos por el pasillo hacia la fuente de la música. La primera puerta a mano izquierda era un gimnasio casero con equipo olímpico para levantamiento de pesas. La música venía del cuarto al fondo del pasillo.

Hubo un respiro en la canción, justo lo suficiente como para que pudiera escuchar la voz de una mujer gritar *¡eso es!*, antes de que la canción aullante y palpitante la ahogara.

La puerta de ese cuarto al fondo del pasillo estaba entornada cinco centímetros. Por ahí brillaba una luz deslumbrante.

–¿Delilah Pinder? –llamé.

No hubo respuesta.

Di un paso adelante y empujé la puerta lo suficiente para abrirla y obtener un vistazo completo de una mujer muy musculosa, con pechos artificiales, en cuatro patas sobre una cama con dosel. Giraba las caderas siguiendo el ritmo, estaba desnuda y miraba sobre su hombro a una cámara GoPro montada en un trípode.

Me quedé ahí parado, atónito por un momento, el tiempo suficiente como para que Bree me diera un codazo, y suficiente como para que Delilah Pinder volteara y me viera.

–¡Dios mío! –gritó y se lanzó hacia la cama.

Creí que se aventaba por cuestiones de pudor, pero oprimió algún tipo de botón de pánico y la puerta se azotó en mi cara y se cerró con llave.

–¿Qué demonios acaba de pasar? –reclamó Bree.

–Creo que estaba haciendo un espectáculo de sexo en vivo por internet –aventuré.

–No.

–Lo juro –dije.

La música se apagó y una mujer gritó:

–Maldita sea, quien quiera que sean, estoy llamando a la policía. ¡Los va a atrapar!

–Somos la policía, señorita Pinder –gritó Bree de vuelta.

–¿Qué demonios están haciendo en mi casa, entonces? –gritó ella–. ¡Tengo derechos, y ustedes no tienen por qué venir a mi casa, a mi negocio!

–Tiene razón –dije–. Pero tocamos y gritamos; queríamos hacer una revisión de seguridad para ver que estuviera bien.

–Lo que hago aquí es perfectamente legal –aseguró–, así que, por favor, váyanse.

–No estamos aquí por su, eh, negocio –dijo Bree.

–¿Quiénes son, entonces? ¿Qué quieren?

–Me llamo Alex Cross. Soy detective de la policía metropolitana de D.C. y estoy aquí por asuntos relacionados con La Chica de Gary.

Hubo un largo silencio y luego volvió a subir la música. Pero por encima escuché el ruido de una puerta que se azotaba con fuerza.

–Está escapando –dijo Bree, se dio la vuelta y salió corriendo.

CAPÍTULO 18

ME DEFIENDO CON LAS pesas, pero estoy lejos de Bree cuando se trata de hacer una carrera. Regresó a todo lo que da por la casa y salió disparada por la puerta delantera.

Delilah Pinder, quien ahora vestía ropa y calzado deportivo azul, ya había corrido a toda velocidad hasta el final de la casa y cruzaba el prado delantero, con dirección a la carretera. Salí por la puerta delantera a tiempo para ver a Bree tratar de taclear a la enorme mujer.

Delilah la vio llegar, sacó la mano como corredor de futbol experimentado y pegó a Bree en el pecho. Bree se tambaleó. La estrella de sexo por internet salió a toda velocidad hacia la carretera y se dirigió hacia la autopista.

Corté en diagonal por el jardín, intentando acercarme a ella desde el costado. Pero cuando rompí entre los árboles y salté sobre el muro de piedra hacia la carretera, Bree estaba justo detrás de Pinder otra vez.

Saltó sobre la espalda de la mujer, mucho más grande que

ella, le aplicó una llave alrededor del cuello y la ahorcó. Delilah trató de derribarla y de abrir la llave a tirones, pero Bree la sujetó con fuerza.

Finalmente, la mujer grande paró de correr. Sus enormes muslos temblaban y se desplomó a los pies de Bree.

—Ay, Dios mío —resolló Bree cuando llegué corriendo—. Eso fue como "Conozca a la Amazona".

—Parece más un "Cabalgue a la Amazona" —dije, mientras ella ponía bridas a las muñecas de Delilah.

La mujer estaba recobrando fuerza. Forcejeaba contra las restricciones.

—No —dijo—, déjenme ir.

—No por un rato todavía —dije, levantándola.

Delilah torció la cabeza enfurecida y me escupió en la cara.

—¡Ya basta! —gritó Bree y tiró con fuerza de las muñecas atadas de Delilah—. Esas son las tonterías que te meten en problemas y ya estás en un mundanal de ellos, ¿entiendes?

Delilah estaba obviamente adolorida y por fin asintió.

Bree aflojó la presión mientras yo usaba un pañuelo desechable para limpiarme el rostro.

—No sé de qué se trata esto —afirmó Delilah—. Les dije, tengo un negocio legítimo, registrado con el estado y todo. Entretenimiento Delilah. Pueden corroborarlo.

—Tú sabes exactamente de qué se trata esto —dije, sujetando uno de sus formidables bíceps y marchando con ella de vuelta a la casa—. Eres miembro de Los Soneji. Eres La Chica de Gary. Te gusta tomarte *selfies* con Gary, juntos, ¿no es cierto?

Delilah me miró con aire petulante y dijo:

—Cada palabra es cierta, Cross. Cada palabra.

—¿Dónde está Gary Soneji? —preguntó Bree.

—No tengo la menor idea —dijo Delilah—. Gary entra y sale como le da la gana. Nuestra relación es lo suficientemente fuerte como para eso.

—Sí, estoy seguro que sí —dije, poniendo los ojos en blanco—. ¿Entiendes que eres cómplice de un hombre que disparó a un oficial de policía a sangre fría?

—¿Cómo dices?

—Le diste casa —dijo Bree—. Lo alimentaste. Te vestiste de estilo gótico y tuviste relaciones sexuales con él, y quizás hasta le presentaste uno de tus espectáculos pervertidos.

—Cada noche, cariño —dijo Delilah—. Le encantó. A mí también. Y aquí es donde su servidora cerrará la boca. Tengo derecho a permanecer callada y a un abogado. Voy a hacer uso de esos dos derechos, aquí y ahora.

CAPÍTULO 19

LA PÁLIDA NEBLINA MATUTINA envolvía gran parte del cementerio y lo ocultaba de mi vista. La bruma se arremolinaba sobre el pasto húmedo, la nieve derretida que quedaba y las lápidas. Dejaba gotitas en la pila de ramilletes de flores marchitas, botellas de licor vacío y recuerdos que había que quitar antes de que la retroexcavadora pudiera empezar a trabajar.

El último artículo fue una muñeca bebé, desnuda, con labial embarrado en la boca.

Temblando con el aire frío y húmedo de marzo, me subí más el cierre del impermeable de policía y me puse la gorra. Me quedé a un lado de la tumba con Bill Worden, el superintendente del cementerio, alternando la mirada entre la muñeca bebé y la retroexcavadora, que escarbaba en la tierra cada vez más profundo. Una muñeca bebé, pensé, mientras recordaba al bebé de verdad que lanzaron al aire con total indiferencia, si no es que crueldad.

Alguien había traído esa muñeca ahí, pensé. Para celebrar. En reverencia.

Qué cosa tan enferma, ¿cómo podrías venerar eso?

Eché una mirada a la lápida que Worden excavó del suelo cuando le traje la orden de un juez federal de Trenton.

La lápida era sencilla. Granito rectangular negro y pulido.

Tenía las palabras *G. Soneji* grabadas en la cara, junto con la fecha de su nacimiento. Sin embargo, la de su muerte había sido borrada con cincel. Era todo. No había mención de sus crímenes brutales ni de su perturbadora vida.

El hombre que estaba dos metros bajo la lápida era todo menos anónimo.

Y aun así habían venido. Los Soneji. Habían cincelado la lápida. Habían pintado el pasto con aerosol con las palabras *Soneji Vive*. Tomé fotos antes de que la retroexcavadora lo destruyera.

—¿Cuántos lo visitan? —pregunté sobre el sonido de la excavadora.

Worden, el superintendente del cementerio, tiró de la capucha sobre la cabeza y dijo:

—Es difícil decirlo, ni que lo tuviéramos vigilado. Pero una buena cantidad cada mes.

—Suficientes como para dejar esa pila de flores —dije, echándole un ojo a la muñeca bebé otra vez.

Worden asintió con la cabeza.

—Para algunos parece casi un peregrinaje.

—Sí, solo que el señor Soneji no era ningún santo —precisé.

Empezó a caer la llovizna, lo que me obligó a hundirme aún más en el cuello de mi chaqueta. Unos minutos después se apagó la retroexcavadora.

–Ahí están las tiras, Bill –dijo el operador del equipo–. Excavaré a mano lo que queda.

–No es necesario –dijo Worden.–, solo engánchalo y levántalo; quitamos el polvo después.

El operador de la retroexcavadora se encogió de hombros y sacó unos cables que ató a la pala. Luego bajó a la tumba y enganchó los cables en los aros de las robustas tiras que habían dejado puestas cuando bajaron el ataúd.

–¿No se debilitaron por estar bajo tierra diez años? –pregunté.

Worden negó con la cabeza.

–No, a menos que algo las haya roído.

El superintendente tenía razón. Cuando se levantó el brazo de la retroexcavadora, las tiras levantaron con facilidad el ataúd de un hombre al que yo ayudé a matar.

La tierra mojada se deslizaba y caía en cascada desde la superficie del ataúd mientras se liberaba de la tumba y quedaba colgada metro y medio arriba del hoyo. El viento se intensificó. El ataúd se columpió.

–Bájalo aquí –dijo Worden, gesticulando hacia un lado.

Yo tenía la mirada fija en el ataúd y me preguntaba qué había dentro, más allá de los restos carbonizados que había visto que colocaban en una bolsa para transportar cadáveres abajo de la estación Grand Central una década antes. ¿Estaba él ahí dentro o no?

Todos mis instintos decían que sí, pero...

Mientras el ataúd se columpiaba y bajaba, por casualidad miré más allá de éste, entre dos monumentos lejanos. El viento había soplado un conducto angosto en la neblina. Podía ver una rebanada del cementerio entre esos monumentos que llevaba todo el camino a los yermos de pino que rodeaban el cementerio.

Parado al borde del bosquecillo, quizás a ochenta metros de mí, había un hombre con un impermeable verde para la lluvia. Estaba dándose la vuelta. Cuando me dio la espalda, se quitó la capucha y reveló una cabeza con cabello rojo ralo. Luego levantó la mano derecha y apuntó su dedo medio hacia el cielo.

Y hacia mí.

CAPÍTULO 20

ME QUEDÉ AHÍ PARADO, demasiado atónito como para moverme durante el momento que tomó para que el viento bajara y la neblina volviera lentamente, oscureciendo la figura que había entrado en los yermos de pino y desaparecido.

En seguida se me evaporó la conmoción, salí disparado y saqué la pistola mientras corría a toda velocidad entre las lápidas. Al asomarme por la neblina que de nuevo se juntaba sobre el cementerio traté de descifrar exactamente por dónde lo había visto meterse entre los pinos.

Ahí estaban los dos monumentos. Lo habían enmarcado. Corrí hasta el lugar y volteé la mirada hacia la retroexcavadora y el ataúd exhumado borrosos por la neblina. Cuando creí haberme orientado correctamente, me di la vuelta y me dirigí en línea recta hacia la orilla del bosque.

—¿Doctor Cross? —llamó el superintendente detrás de mí—. ¿Adónde va?

Lo ignoré y seguí hacia la orilla de los pinos llenos de gotas;

analicé el suelo y vi una marca que se veía fresca, que la lluvia no había borrado todavía. Me abrí paso hacia los árboles.

Ahí estaba espeso el bosque, repleto de jóvenes retoños cuyas ramas mojadas se doblaban cuando pasaba y agujas mojadas se deslizaban por mi ropa. Me detuve, incierto de dónde ir, pero luego noté una rama quebrada en el suelo.

El bosque interno se veía reluciente y nuevo, así como la rama quebrada a mi izquierda, a las diez en punto. Me dirigí hacia allá por cincuenta, quizá setenta y cinco metros, luego irrumpí a una extensión de árboles más viejos, de más de tres metros de altura, que crecían en largas filas rectas, una plantación de pinos.

A pesar de la neblina, pronto vislumbré manchas oscuras y descoloridas en la alfombra de agujas muertas que revestía el piso del bosque. Me acerqué y vi en qué partes el hombre había levantado el mantillo mientras bajaba corriendo por uno de esos caminos entre los árboles.

Corrí tras él, preguntándome si lograría alcanzarlo, y varias veces si había perdido el camino. Pero luego encontraba algún alboroto en las agujas de pino y me adentraba cien, doscientos, trescientos metros más en los yermos.

¿En qué dirección iba? No tenía idea, y no importaba. Mientras Soneji dejara señales, me quedaría con él. Creí que cruzaría un camino de tala o en sendero en algún momento, pero no fue así. Solo estaba la monotonía de la plantación de pinos y la neblina que se arremolinaba.

Después el camino empezó a empinarse por una colina.

Podía ver claramente dónde había enterrado él las orillas de los zapatos para no perder el equilibrio, y más ramas rotas.

Cuando alcancé la cima de la loma había una especie de claro con un revoltillo de troncos a un lado, como si una tormenta de viento los hubiera derribado todos de un soplido. Lo evité, crucé la cima de la colina y me encontré mirando hacia abajo por un valle largo y amplio de pinos maduros.

El bosque se clareaba ahí, como si algunos de los árboles ya hubieran sido cortados. Pese a la neblina, podía ver por una docena de caminos y a las profundidades del bosque, más que en cualquier otro momento desde que lo había penetrado. No se movía nada allá abajo.

Absolutamente na...

Sonó un rifle. La corteza de un árbol junto a mí estalló y me lancé al suelo detrás de uno de esos troncos caídos.

¿Dónde estaba?

El disparo llegó desde el valle. Estaba seguro. Pero ¿de qué parte?

–¿Cross? –gritó–. Voy por ti, aunque tenga que salir de la tumba para hacerlo.

Si no era él, había estudiado la voz de Soneji hasta las inflexiones.

Como no contesté, vociferó:

–¿Me escuchas, Cross?

Sonaba a mi derecha y abajo de mí, a no más de setenta metros. Levanté la cabeza lo más alto que pude para examinar el valle por ahí. La neblina llegaba y se iba, pero pensé que lo vería moverse o ajustar su ángulo si quería dispararme de nuevo.

Pero no lograba hallarlo.

—Sé que no te di —gritó, y su voz se quebró de manera extraña—. De ser así, te habrías derrumbado como el saco de mierda que eres.

Decidí no engancharme, dejarle pensar que había tenido suerte, que me había derribado con una sola bala. Y era extraño cómo se le había quebrado la voz, ¿o no? ¿Subió a un tono más alto?

Pasaron momentos de tensión, un minuto, dos, mientras mis ojos se movían de un lado al otro y trataban de verlo, deseando que se acercara para asegurarse de haberme matado.

—¿Cómo está tu compañero? —gritó, y lo escuché soltar una carcajada ronca—. Le di, ¿verdad? Por lo que me han contado, en el mejor de los casos quedará como vegetal.

Me tomó cada fibra, pero ni siquiera entonces me enganché con él. Solo me quedé ahí tirado y esperé, observando, observando y observando.

Nunca vi que se fuera ni escuché nada que pareciera el crujido distante de alguna rama que sugiriera que se movía de nuevo. No dijo una sola palabra más y nada me indicó que se hubiera ido, más que el tiempo que transcurría.

Bajé la cabeza después de diez minutos y saqué mi celular. Sin servicio.

La lluvia comenzó en serio entonces, tamborileando, golpeando la neblina y revelando la plantación. No se movía nada más que una venada a cien metros de distancia.

Quería levantarme y bajar allá, buscarlo. Pero si me estaba esperando quedaría expuesto otra vez. Después de quince minutos más de observar, repté de vuelta en la dirección por la que había llegado, hasta bajar una buena parte del lado posterior de la colina.

Tenía un sabor amargo en la boca cuando me puse de pie y volví hacia el cementerio.

No llevaba medio camino cuando zumbó mi celular en el bolsillo.

Un texto de Billie.

–Alex, donde sea que estés, ven. John acaba de empeorar. Estamos en vigilia por acá.

CAPÍTULO 21

PARA CUANDO LLEGUÉ AL cementerio el superintendente ya había cargado el ataúd en la camioneta del FBI que lo llevaría de vuelta a Quantico para examinarlo. Expliqué la urgencia de mi situación y me fui.

Llamé a las centrales de la policía estatal de Nueva Jersey, Delaware y Maryland para pedir ayuda. Cuando llegué a la I-95, me esperaban dos patrullas de la policía estatal de Jersey. Con una delante y la otra detrás, me escoltaron hasta la frontera, donde me recibieron dos patrullas de Delaware. Dos más me esperaban cuando llegué al confín de Maryland. En algunos momentos íbamos a más de ciento sesenta kilómetros.

Menos de dos horas después de haber leído el texto, bajé del elevador en la unidad de cuidados intensivos del centro médico George Washington, con la ropa húmeda todavía puesta y con frío mientras bajaba corriendo por los pasillos que ya conocía muy bien, hasta la sala de espera. Billie estaba sentada hasta atrás, con las piernas pegadas a su cuerpo. Descansaba los codos en las rodillas y tenía una mirada escéptica y distante, como si no pudiera creer que Dios le estuviera haciendo esto.

Bree estaba sentada a su izquierda y Nana Mama a su derecha.

–¿Qué pasó? –pregunté.

–Decidieron sacarlo del coma químico –dijo Billie, con un río de lágrimas que le escurría por las mejillas.

–No mostraba señales de vida. Tuvieron que usar el desfibrilador –dijo Bree–. Volvió, pero sus signos vitales empeoran a cada instante.

–Billie llamó al cura –dijo Nana Mama–. Está dando la extremaunción a John.

El poco control que había mantenido hasta ese punto se evaporó y empecé a llorar con resuellos de incredulidad y un estallido de pena y de lágrimas. Era real. Mi mejor amigo, el indestructible, el Gran John Sampson estaba por morir.

Me hundí en una silla y sollocé. Bree se acercó y me abrazó. Me incliné hacia ella y lloré un poco más.

El cura entró.

–Ya está en manos de Dios –dijo para consolarnos–. El médico dice que no hay nada más que puedan hacer por él.

–¿Podemos entrar? –preguntó Billie.

–Por supuesto –dijo.

Nana Mama, Billie y Bree se levantaron. Las miré, como si no sintiera nada.

–No puedo hacerlo –dije, sintiéndome indefenso–. Simplemente no puedo ver esto. ¿Puedes perdonarme?

–Tampoco yo quiero hacerlo, Alex –dijo Billie–, pero quiero que escuche mi voz una última vez antes de partir.

Nana Mama me dio una palmada en los hombros mientras seguía a Billie a la unidad de cuidados intensivos. Bree preguntó si quería que ella se quedara; negué con la cabeza.

–Entrar ahí me aterra más que cualquier otra cosa en la vida –afirmé–. Necesito caminar para cobrar valor.

–Y reza –dijo, me besó en la cabeza y se fue.

Me levanté y me sentí como un cobarde al caminar hacia el baño para hombres. Entré y me lavé la cara, tratando de pensar en cualquier cosa menos en John y todas las buenas épocas que habíamos pasado con los años, jugando futbol y basquetbol, asistiendo a la academia de policía y abriéndonos paso entre las filas para volvernos detectives y compañeros contra el crimen.

Eso no volvería a suceder nunca. John y yo no volveríamos a trabajar juntos.

Salí del baño y me fui a caminar por el complejo médico, seguro de que en cualquier momento recibiría un mensaje de texto que diría que había partido. La culpa se empezó a acumular en mí al pensar que, después de todo lo que habíamos pasado, no estaría al lado de Sampson cuando falleciera.

Me detuve y casi me di la vuelta. Luego noté que estaba parado fuera de las oficinas de cirugía plástica. Una hermosa mujer de aspecto etíope con un saco blanco salió de la puerta.

Me sonrió. Sus dientes brillaban y la piel de su rostro era tan tersa y suave que podría haber tenido treinta años. Por otro lado, podría haber tenido sesenta y estado muchas veces bajo el cuchillo.

—¿Doctora Coleman? —dije, leyendo su distintivo.

Se detuvo y respondió:

—¿Sí?

Le mostré mi insignia y dije:

—Me serviría su ayuda.

—¿Sí? —dijo con cara de preocupación—. ¿Cómo?

—Estoy investigando el tiroteo de un oficial de la policía —expliqué—. Quisiéramos saber ¿cuán difícil sería hacer que una persona se viera casi exactamente como otra?

Entornó los ojos.

—¿Se refiere a que quede lo suficientemente bien como para volverse un impostor?

—Sí —dije—. ¿Es posible?

—Eso depende —dijo la doctora Coleman y luego miró su reloj de pulsera—. ¿Puede acompañarme? Tengo que dar una cátedra a unos veinte minutos de aquí.

—Sí —dije, feliz de la distracción.

Caminamos por el centro médico y salimos del otro lado, hasta acabar en el campus de la Universidad George Washington. En el camino, la cirujana plástica me explicó que una estructura facial similar sería clave para alterar quirúrgicamente a una persona para que se viera como alguien más.

—Cuanto más parecido tuviera para empezar el sujeto con

el original, mejores los resultados –dijo–. Después de eso, todo tendría que ver con las habilidades del cirujano.

–Entonces ¿ni siquiera una estructura ósea similar garantizaría el éxito con un cirujano cualquiera?

La doctora Coleman sonrió.

–Si el producto final se acerca tanto al original como usted dice, entonces no hay manera de que un cirujano promedio de los que arreglan los pechos lo hiciera. Está buscando un artista del bisturí, detective.

–¿De qué cantidad de dinero estamos hablando?

–Depende del alcance de la alteración quirúrgica requerida –contestó–. Pero creo que se trata de un trabajo de cien mil dólares, quizá menos en Brasil.

¿Cien mil dólares? ¿Quién se gastaría tanto para parecerse a Gary Soneji? ¿O iría a Brasil para hacérselo?

Sentí que el teléfono me zumbaba en el bolsillo y sentí náuseas.

–Aquí es –dijo la doctora Coleman, y se detuvo fuera de un de los múltiples edificios de la universidad–. ¿Alguna pregunta más, detective?

–No –le dije y le pasé mi tarjeta–. Si la tengo, ¿puedo llamarle?

–Por supuesto –dijo y se apresuró adentro.

Tragué saliva y luego saqué mi celular.

El texto era de Bree: «Ven ahora o te arrepentirás por el resto de tu vida».

Empecé a correr.

Diez minutos después, entré por la puerta de la unidad de cuidados intensivos, intentando evitar que mis emociones me volvieran a arruinar por completo.

Cuando llegué a la puerta del cuarto de John, Billie, Bree y Nana Mama estaban sollozando.

Creí que había llegado demasiado tarde, que le había hecho el flaco servicio a mi mejor amigo y hermano de no estar ahí cuando dio su último respiro.

Luego me di cuenta de que todos sollozaban de la felicidad.

—Es un milagro, Alex —dijo Bree, con lágrimas que le corrían por las mejillas—. Mira.

Entré en el cuarto repleto de gente. Un enfermero y un médico seguían trabajando febrilmente con John. Seguía acostado en la cama, seguía conectado al ventilador, seguía enganchado a una docena de monitores.

Pero tenía los ojos abiertos y vagaban indolentemente.

CAPÍTULO 22

NOS SENTAMOS POR HORAS con John a medida que las medicinas dejaban de surtir efecto. Le quitaron el tubo de respiración y empezó a cobrar cada vez mayor consciencia.

John no reconoció su nombre cuando Billie lo llamó suavemente para tratar de hacer que volteara hacia ella. Al principio, Sampson parecía no saber ni dónde estaba, como si estuviera perdido en un sueño.

Pero luego, después de la primera siesta, escuchó a su esposa y su rostro se movió mustiamente hacia ella. Después movió los dedos de la mano y de los pies cuando le pidieron que lo hiciera, y levantó los dos brazos.

Cuando me senté junto a él y tomé su mano, sus labios se abrían como si quisiera hablar. No salía sonido y parecía frustrado.

—Está bien, amigo —dije, apretándolo más—. Sabemos que nos quieres.

Se relajó y volvió a dormir. Cuando despertó, Elizabeth Navilus, una de las mejores patólogas del habla y el lenguaje, estaba esperándolo. Formaba parte de un equipo de especialistas que iban pasando por la habitación para llevar a cabo varios exámenes de la Escala JFK de Recuperación del Coma, un método para diagnosticar el grado de daño cerebral.

Navilus aplicó una batería de pruebas a Sampson. Descubrió que la consciencia cognitiva de John, expresada por medio de la comprensión de lenguaje, crecía constantemente. Pero le estaba costando trabajo hablar. Lo mejor que podía hacer era masticar el aire y zumbar.

Eso me aplastó.

Afuera, en la sala de espera, Navilus nos dijo que el hecho de que a menudo los pacientes con traumatismo craneal mostraran tener comprensión antes de tener la capacidad de responder era un signo que debía infundirnos esperanzas.

Después, cuando Nana Mama ya se había ido a casa para preparar la cena, Bree a la oficina y Billie a la cafetería, me quedé sentado al lado de John.

—Estaba ahí cuando te dispararon —le dije—. Fue Soneji. O alguien que se veía igual que él.

Sampson parpadeó y luego asintió.

—Estuve cerca de atraparlo hoy en la mañana —afirmé—. Él estaba observando cuando exhumamos el cuerpo de Soneji.

Viró la mirada y cerró los ojos.

—Voy a atraparlo, John —le dije—, te lo prometo.

Apenas asintió antes de hundirse en el sueño.

Sentado ahí, observándolo, me sentí mejor, más fuerte y

más humilde; en deuda con mi Señor y salvador como nunca antes. La idea de que Sampson muriera debe haber sido una abominación tan terrible para Dios como para mí.

Si no era un milagro, no sé lo que era.

CAPÍTULO 23

ME QUEDÉ EN EL hospital hasta las nueve, prometí a Billie que volvería en la mañana y me dirigí a casa. En vista de lo que había sucedido la última vez que salí del Centro Médico George Washington y busqué un taxi, mi cabeza giraba trescientos sesenta grados a cada instante.

Sin embargo, no vi amenaza alguna, y salí a la banqueta. Mientras lo hacía, la voz de Soneji de más temprano ese día volvió reverberando a mí.

Vendré por ti, aunque tenga que salir de la tumba para hacerlo.

Sonaba tan parecido a Gary que infundía temor. Yo había tenido múltiples conversaciones con él en el transcurso de los años y el tono y la dicción Soneji eran inconfundibles.

Después de subirme al taxi y darle la dirección de mi casa, casi hice estos pensamientos a un lado a empujones. Luego parpadeé al recordar cómo su voz se había quebrado de manera extraña y se había vuelto ronca cuando dijo *Sé que no te di. De ser así, te habrías derrumbado como el saco de mierda que eres.*

Sonaba como si tuviera algún problema en la garganta. ¿Cáncer? ¿Pólipos? ¿O quizás estaba forzando las cuerdas vocales con tanta tensión que se le habían comprimido dentro?

Traté de recordar cada matiz de nuestro encuentro en los yermos de pino, la manera en que se había escurrido entre los árboles con el dedo levantado en alto. ¿Dónde estaba la pistola entonces? ¿Me había estado tratando de atraer ahí para dispararme?

En retrospectiva, sentí que eso había hecho y que yo había caído en su trampa. ¿Dónde quedaba todo el entrenamiento que había recibido? ¿El protocolo? Había reaccionado basado en la emoción y corrí hacia los pinos tras él. Justo como Soneji quiso que lo hiciera.

Eso me molestó porque hizo que advirtiera que Soneji me entendía, que podía predecir mis impulsos de la misma manera en que yo podía predecir los suyos hace una docena de años. Digo, ¿de qué otro modo sabría que debía estar en el cementerio cuando exhumamos su cuerpo? ¿Qué o quién lo había puesto sobre aviso?

No tenía respuestas para eso, más allá de la posibilidad de que Soneji o Los Soneji nos hubieran intervenido. ¿O solo le habrá parecido racional que en algún momento hiciera eso, puesto que yo ya había visto a alguien que era idéntico a él por lo menos tres veces?

Estas preguntas sin respuesta me pesaron durante todo el viaje de vuelta a casa. Me sentí deprimido al bajar del taxi y esperar a que me dieran el recibo. Soneji, o quien fuera, estaba pensando antes que yo, conspirando, tramando y actuando antes de que yo pudiera responder.

Al subir las escaleras del porche, empezaba a sentirme como un pez en el gancho de un pescador de caña que jugaba conmigo y me destrozaba el labio.

Pero en cuanto puse un pie en casa, me llegó un aroma de algo sabroso que provenía de la cocina de Nana Mama y escuché a mi hijo Alí reír y lo solté todo. Solté todo lo que tuviera que ver con ese hijo de perra.

—¿Papá? —preguntó Jannie al bajar por las escaleras—. ¿Cómo está John?

—Aún debe dar más de una pelea, pero está vivo.

—Nana Mama dijo que fue como un milagro.

—Coincido con ella —dije, y la abracé con fuerza.

—Papá, mira esto —me llamó Alí—. No puedes creer lo bien que se ve esto.

—La nueva tele —dijo Jannie—, está increíble.

—¿Qué nueva tele?

—Nana Mama y Alí la pidieron por internet. Acaban de instalarla.

Di un paso adentro de lo que alguna vez fuera nuestra acogedora sala de televisión para ver que la habían transformado en un teatro en casa, con nuevas sillas de cuero y una enorme pantalla curva de resolución 4K de alta definición en la pared más lejana. Alí tenía puesto un capítulo viejo de *The Walking Dead*, una de sus series favoritas, y los zombis parecían estar ahí mismo, en el cuarto, con nosotros.

−¡Deberías de ver cuando la cambiamos a 3D, papá! −dijo Alí−. ¡Es una locura!

−Eso lo puedo ver −aseguré−. ¿Funciona con el basquetbol también?

Alí despegó los ojos de la pantalla.

−Están aquí, en el cuarto, contigo.

Sonreí.

−Tendrás que mostrármelo después de cenar.

−Claro que sí −dijo Alí−. Te enseño cómo ponerlo desde tu *laptop*.

Levanté dos pulgares, luego pasé al comedor, a la cocina modernizada y la estupenda adición de sala que habíamos instalado dos años antes.

Nana Mama se movía afanosamente junto a su estufa-centro de comando.

−Pollo asado, papas fritas, brócoli con almendras y una rica ensalada −dijo−. ¿Cómo está John?

−Dormía cuando me fui −respondí−. Y la cena huele estupendo. Linda televisión.

Hizo un sonido profundo al inhalar y dijo:

−¿A poco no? Muero de ganas de ver *Masterpiece Theatre* ahí. O la serie de *Downton Abbey*.

−Estaba pensando exactamente lo mismo −dije.

Nana Mama me echó una mirada sobre el hombro, me vio con una expresión agria y amenazadora, y dijo:

—Ni empieces a burlarte de mí.

—No lo soñaría jamás, Nana —dije, mientras intentaba esconder la sonrisa que quería asomarse en mi rostro—. Ah, ¿no dijiste que no permitirías que el dinero de la lotería nos cambiara la vida?

—Dije que no quería una gran mansión en la que nos perdiéramos —espetó—. Ni dar la vuelta en algún coche ridículo. Pero eso no quiere decir que no podamos tener algunas cosas lindas en esta casa, y aun así hacer cosas buenas por la gente. Y eso me recuerda, ¿cuándo podrá abrir de nuevo mi programa de desayunos calientes?

Levanté las manos.

—Esta noche lo investigo.

—No me estoy volviendo joven, y quiero ver que eso quede funcionando —dijo—. Financiado. Y ese programa de lectura para niños.

—Sí, señora. ¿Estás segura de que no te estás volviendo más joven? ¿Hay algún retrato tuyo en algún ático que muestre tu verdadera edad?

Trató de resistirse, pero eso la hizo sonreír.

—En verdad hablas casi tan bonito como...

—¿Papá? —gritó Alí y entro corriendo en la cocina.

Se veía aterrado y a punto de llorar.

—¿Qué sucede?

—Alguien tomó el control de mi computadora —dijo.

—¿Cómo? —exclamó Nana Mana.

—Hay un loco en la pantalla ahora, no *The Walking Dead*, y no puedo apagarla. Está cargando un bebé y dice una y otra vez que viene por ti, papá, aunque lo haga desde la tumba.

CAPÍTULO 24

EN EL VIDEO, GARY Soneji estaba justo como lo recordaba: sobre una de las plataformas de tren de la Gran Central Station, con el crío en brazos y provocándome.

Nunca había visto el video, no sabía que existiera, pero sin la menor duda era fidedigno. Después de ver el clip seis o siete veces, pude ver mi propia sombra que se extendía en el espacio entre Gary Soneji y yo. El operador de cámara debe haber estado justo por mi hombro izquierdo.

¿El camarógrafo era una casualidad? ¿Un transeúnte al azar? ¿O alguien que trabajaba con Soneji?

El clip comenzó de nuevo. Estaba en un ciclo interminable.

–Papá, esto me está dando miedo –dijo Jannie–. ¡Apágalo!

–Dame el control remoto y la computadora, Alí –le pedí.

–Tengo tarea en esta computadora –respondió.

–Te voy a pasar la tarea a la de la cocina –dije, y gesticulé para que me lo diera.

Se quejó y me lo pasó.

Bree entró por la puerta delantera. Apreté el botón de encendido en el control remoto, pero la pantalla no se apagó. En vez de eso interrumpió ese ciclo interminable y se puso verde intenso.

Traté de apagar la pantalla de nuevo, pero saltó a negro, rajada en diagonal con un rayo dorado de luz. La cámara hizo un mayor acercamiento a esa luz, y ahí se podía ver la silueta de una persona.

Más cerca, era un hombre.

Aún más cerca, era Soneji.

Estaba dándole a la lente el mismo perfil de un cuarto que habíamos visto en la foto fija que publicó La Chica de Gary en el foro del sitio web, donde su ojo y la esquina de su boca conspiraban para mirarme con malicia justo a mí.

Pero esta vez Soneji habló.

Con esa voz quebrada y ronca que había escuchado más temprano ese día en los yermos de pino, Soneji dijo:

—No estás seguro en los árboles, Cross. No estás seguro en tu propio hogar. ¡Los Soneji están por todos lados!

Luego echó la cabeza para atrás, ladró y rebuznó con su carcajada antes de que se congelara la pantalla. Apareció un título: www.lossoneji.net.

—¿Qué es eso, papá? —preguntó Alí, descompuesto.

Fui furioso a la pantalla, seguí el cable hasta la conexión eléctrica y lo arranqué con violencia de la pared.

—¿Alex? —dijo Bree—. ¿Qué sucede?

Miré a Alí.

–¿El episodio de *The Walking Dead* se transmitía en *streaming* por Netflix?

–Sí.

Saqué el celular, miré a Bree y afirmé:

–Soneji acaba de infiltrar nuestro servicio de internet.

–Apaga el enrutador –dijo Bree.

–No, no lo hagas –le pedí. Me desplacé por mis llamadas recientes y oprimí el botón de llamar–. Tengo la impresión de que será mejor si el vínculo sigue activo.

Levantaron el teléfono.

–¿Sí?

–Aquí Alex Cross –dije–. ¿En cuánto tiempo puedes llegar a mi casa?

Cuarenta minutos después, mientras terminábamos la obra maestra de pollo asado de la Nana Mama y peleábamos por quién se quedaría con la última ala y quién con las últimas papas fritas, se escuchó que alguien tocaba bruscamente en la puerta de servicio.

–Yo abro –dije, y bajé la servilleta, salí al gran salón y le quité la llave a la puerta que llevaba al patio del costado y al callejón detrás de nuestra casa.

No encendí la luz, solo abrí rápidamente y dejé entrar a nuestras visitas. El primero era Ned Mahoney, mi excompañero del FBI. La segunda era la agente especial Henna Batra, de la unidad de delitos cibernéticos del Buró.

–¿Quién está cerciorándose de que estés seguro en tu propia casa? –preguntó Mahoney una vez que cerré la puerta.

–La policía metropolitana en autos particulares, en cada extremo de la cuadra –le informé.

–Soneji de todos modos es del tipo que lo intentaría.

–Lo sé –dije–, pero creo que estamos bien.

–Todavía no entiendo por qué quería que yo estuviera aquí, doctor Cross –dijo la agente Batra.

–Creo que quizá Soneji o Los Soneji cometieron un error –dije–. Si tengo razón, dejaron un rastro digital en mi casa, o al menos en nuestra red.

CAPÍTULO 25

LLEGUÉ TEMPRANO LA SIGUIENTE mañana al Centro Médico George Washington, y los aullidos de mis hijos todavía me resonaban por la cabeza. La agente especial Batra se había llevado cada computadora y teléfono de la casa a Quantico. Prometió trabajar lo más rápido posible, pero cuando les quitaron los teléfonos fue como si hubieran perdido la mano derecha.

Me sentí más o menos así al caminar al cuarto de Sampson, y decidí comprar un teléfono barato después. Me alegró ver a John incorporado y bebiendo con una pajilla.

Billie todavía no llegaba, así que me tocó sentarme un rato con él. Lo puse al día sobre todo lo que había ocurrido la noche anterior. Aunque sus ojos tendían a alejarse de mí, parecía entender mucho de lo que le relataba.

—Si hay alguien que puede encontrar a este tipo, es Batra —aseguré—. Nunca había visto a alguien como ella.

Los ojos de John se suavizaron y sonrió. Intentó decir algo, pero no pudo. Se veía lo frustrante que era.

Le puse la mano en el hombro y le dije:

–Te espera un viaje largo, amigo, para recuperarte de esto. Pero si hay un hombre vivo en el mundo que puede hacerlo, eres tú.

La mirada vaga y triste de Sampson llegó y me observó por varios segundos. Luego empezó a esforzarse, mientras se alteraba cada vez más.

–Oye –dije–, está bien. Vamos a...

Le salían sonidos incoherentes de la boca.

Volvió a intentarlo. Y de nuevo.

La sexta vez me pareció que decía:

–Ta-conun.

–¿Ta-conun? –pregunté.

–Ta-conun... g... ga –dijo, luego sonrió y levantó la mano derecha para indicar la venda quirúrgica–. Ho-ho... n... za.

Fruncí el ceño, pero entonces lo entendí y sonreí:

–¿Hasta con un gran hoyo en la cabeza?

Sampson sonrió, dejó caer la mano y me guiñó el ojo antes de volver a quedarse dormido, como si eso le hubiera tomado hasta el último ápice de fuerza.

¡Pero había hablado!... más o menos. Definitivamente se había comunicado. Y los médicos habían dicho que era posible que su sentido del humor desapareciera con una herida en esa parte del cerebro, pero ahí estaba, haciendo una broma sobre su situación.

Si no era un milagro, no sé lo que era.

Billie llegó poco antes de las ocho y me regaló una sonrisa radiante cuando le conté lo que había sucedido.

Besó a John y le preguntó:

–¿Hablaste?

Él negó con la cabeza.

–Alack vent-... r... tri... tloco.

–¿Qué?

–Dijo, *Alex es ventrílocuo*, me parece.

John sonrió de oreja a oreja otra vez y dijo:

–Abs no muev.

Billie tenía lágrimas en los ojos.

–Los labios no se mueven.

Sampson hizo un sibilante ruido de júbilo que se quedó conmigo todo el camino al trabajo y al ir a comprar un teléfono desechable.

Fui a la oficina de Bree y toqué en la jamba de la puerta.

–Cuánto tiempo sin vernos.

Bree echó una mirada al reloj y dijo:

–¿Te estás obsesionando conmigo?

–Siempre me obsesioné contigo, desde el principio –contesté.

–Mentiroso –dijo Bree, pero le agradó.

–Es la verdad –afirmé–, es que me atrapaste desde la primera vez que me miraste.

Eso le agradó aún más.

–¿Por qué vienes con tus lisonjas?

–No te estoy lisonjeando –dije–. Solo estaba coqueteando

con mi esposa antes de contarle que Sampson habló esta mañana.

–¿No? –resolló–. ¿Lo hizo?

–Tuve que interpretarlo un poco, pero estaba haciendo bromas.

A Bree le brotaron lágrimas de los ojos, se levantó, dio la vuelta al escritorio y me abrazó. También a mí me escurrieron las lágrimas.

–Gracias –dijo–. Qué perfecto es escuchar algo así.

–Lo sé –dije antes de que sonara el teléfono barato que había comprado de camino al trabajo. ¿Quién conocía el teléfono? Apenas había conseguido el maldito aparato, apenas lo había activado.

–¿Hola? –dije.

–Habla la agente especial Batra.

–¿De dónde sacó este número?

–De ser buena en mi trabajo –respondió la agente Batra, molesta–. Creí que estaría contento de saber de mí tan pronto.

–Lo siento –dije, aunque estaba empezando a pensar que no había una caja en el universo virtual que Henna Batra no pudiera encontrar y a la que pudiera quitarle llave si se decidía a hacerlo–. ¿Encontró algo?

–Lo comprometieron de un modo preocupante.

Quería comentarle que eso podría haberlo dicho yo, pero mejor pregunté:

–¿En qué sentido?

–Metieron un virus en el sistema operativo de su hijo, llevado a cuestas por una aplicación de juegos que bajó en la escuela.

—¿En la escuela? —pregunté, con una sensación de náuseas.

Soneji o Los Soneji no solo me amenazaban en mi casa, sino que tenían en la mira a mi hijo más pequeño.

—¿Qué más? —demandé.

—Su hija Jannie tenía el mismo virus en su sistema —dijo Batra—. Lo cargaron en su computadora sin que ella lo notara, cuando usaba su teléfono para la conexión móvil a internet en una cafetería no muy lejos de su casa.

Esto era peor. Tenían en la mira a mis dos hijos.

—¿Y qué de mi teléfono? ¿El de mi esposa? —pregunté, y encendí el altavoz en el teléfono desechable para que Bree pudiera escuchar.

—Limpios —dijo Batra—. Los mandaré por mensajería en la próxima hora.

—Gracias —le dije—. ¿Eso es todo?

—No, de hecho —dijo la experta cibernética del FBI—. Había una similitud en la firma del programador del virus y el programador que creó el sitio www.lossoneji.net.

Miré a Bree, quien alzó los hombros, confundida.

—¿Quiere explicar eso de nuevo? —le pedí.

La experta en delitos cibernéticos sonó irritada cuando dijo:

—Los programadores son artistas a su modo, detective. Así como los pintores clásicos tenían pinceladas inconfundibles, los grandes programadores de computadora tienen una manera reconocible de escribir. Su firma, por así decirlo.

–Tiene sentido –dije–. ¿Entonces quién programó el sitio web?

Batra respondió:

–Me tomó mucho, pero mucho más tiempo de lo esperado franquear los cortafuegos que rodeaban la identidad del creador y curador, pero lo acabo de lograr hace apenas unos minutos.

–¿Se quedó despierta toda la noche? –pregunté.

–Usted dijo que era importante.

Bree se inclinó hacia delante y dijo:

–Gracias, agente Batra. Aquí la jefa Stone. ¿Sabe quién es? ¿El creador del sitio web?

–La creadora, y aprendí mucho sobre ella en la última hora, gracias a un amigo mío de la Agencia de Seguridad Nacional –explicó la agente Batra–. En especial, sobre el novio para el que ella es la pantalla. De hecho, sé que él está volviendo directamente a lo que dijo su maestra de primer grado sobre él el día en que recomendó que lo expulsaran de la escuela.

Sentí temor en la boca del estómago.

–¿Y qué fue eso?

–Ella dijo que creía que era un tipo de monstruo, doctor Cross. Incluso entonces.

CAPÍTULO 26

UNA HORA DESPUÉS, ME acomodé para esperar en una banca en un pasillo por la puerta que llevaba a un *loft* en el cuarto piso de un edificio viejo a un lado del Dupont Circle.

Había logrado introducirme en el edificio mostrando mi insignia a una mujer que entraba con sus compras. Le dije a quién buscaba.

—Salió a correr, esa —contestó—. A la hora del almuerzo, siempre. Qué espectáculo.

Llamé a la puerta por si las dudas, pero no hubo respuesta. Tenía una orden de cateo. Podría haber llamado a una patrulla para que derribaran la puerta, pero esperaba conseguir más información con suavidad y paciencia.

Veinte minutos después, una mujer asiático-americana, de veintitantos años y en buena condición física, subió las escaleras bufando. Tenía el cabello negro corto y sus brazos expuestos lucían musculosos y cubiertos de tatuajes de colores brillantes.

El sudor le chorreaba por la cara cuando llegó al descanso y vio que me levantaba de la banca. No se sobresaltó ni trató de escapar, como yo había esperado.

En vez de eso, se endureció y dijo:

—Le tomó un rato, doctor Cross. La intrusión fue hace casi seis horas. Pero aquí está. Por fin. De carne y hueso.

—¿Kimiko Binx? —dije al levantar mi insignia e identificación.

—Es correcto —contestó Binx mientras caminaba hacia mí con las palmas abiertas a sus lados y me estudiaba con gran interés.

A medida que se acercaba, noté una especie de dispositivo, anaranjado y atado a su brazo superior derecho. Cuando lo vi parpadear, pensé *bomba* y me lancé por mi pistola.

—¿Qué tiene en el brazo? —pregunté con la pistola fuera, apuntada hacia ella.

Binx levantó las manos y dijo:

—Epa, epa, detective, es un SPOT.

—¿Qué?

—Un transmisor GPS. Envía mi posición cada treinta segundos a un satélite y a una página web —me explicó—. Lo uso para rastrear mis rutas al correr.

Giró hacia un lado y levantó el brazo para que yo pudiera examinar el dispositivo. Era más pequeño que un *smartphone* y estaba producido comercialmente, de plástico resistente, con el logo de SPOT estampado a lo largo y botones con varios iconos. Uno decía SOS y otro tenía una huella de zapato. La luz parpadeaba dentro del zapato.

—¿Así que la rastrea? —dije.

—Es correcto —dijo Binx—. ¿Qué quiere, doctor Cross?

Levanté la orden de cateo y dije:

—Si pudiera abrirme la puerta.

Binx leyó la orden sin comentario, pescó su llave y abrió el *loft*. Era un espacio ventilado de habitación y trabajo, con vista a un callejón, una mezcla de muebles usados y una estación de trabajo de cómputo con cuatro pantallas grandes.

Se movió hacia la estación.

—No se acerque a la computadora, señorita Binx. No se acerque a nada.

Binx se molestó y se quitó el dispositivo SPOT.

—¿Quiere esto también?

—Por favor, apáguelo. Póngalo en la mesa de allá, y su teléfono, si lo tiene. Me gustaría hacerle algunas preguntas antes de llamar a mi equipo de pruebas.

—¿Qué quiere saber? —preguntó, y usó los pulgares para jugar con los botones del transmisor.

—¿Por qué venera a Gary Soneji?

No contestó, oprimió un último botón y levantó la mirada antes de poner el SPOT en la mesa sin que la luz parpadeara más.

—No venero a Gary Soneji —dijo finalmente—. Gary Soneji me parece interesante. Usted me parece interesante, de hecho.

–¿Por eso construyó un sitio con alta seguridad sobre Soneji y yo?

–Sí –respondió y se sentó con calma–. A otras personas le parecen interesantes también. A muchas. Era una manera segura de manejar nuestra pasión compartida.

–Sus miembros vitorearon cuando descubrieron que a mi compañero John Sampson le habían disparado –dije.

–Es un foro privado de libre expresión. Yo no aprobé eso.

–¿No lo hizo? –pregunté, enojado–. Proporcionó un espacio para que unos enfermos tramaran el terror, en nombre de un hombre que cometió actos completamente atroces y que murió hace diez años.

–No está muerto –dijo Binx contundentemente–. Gary Soneji no morirá nunca.

Recordé el ataúd que se levantaba del suelo en Nueva Jersey y me pregunté cuánto tiempo más se tardarían las pruebas de ADN del FBI, pero no dije nada acerca de la exhumación de su ídolo. En vez de eso, le espeté:

–No entiendo, una mujer inteligente como usted, graduada de Virginia Tech. Se gana la vida escribiendo código. Le pagan muy bien por hacerlo. Pero se involucra en algo como esto.

–A cada quien su santo –contestó–. Y es asunto mío.

–No cuando implica disparar a un oficial de la policía. Nada es personal.

–Tampoco tuve nada que ver con eso –dijo Binx sin emoción alguna–, nada. Me haría la prueba del detector de mentiras.

–¿Quién lo hizo, entonces? –pregunté.

–Gary Soneji.

–Quizá –dije–. ¿O quizá Claude Watkins?

Binx movió los ojos muy ligeramente para mirar justo por encima de mi hombro derecho antes de negar con la cabeza.

Dije:

–El nombre de Watkins está en los documentos de incorporación de tu empresa.

–Claude es un inversionista. Me prestó parte de la inversión inicial.

–Aja-já –dije–. ¿Conoce sus antecedentes?

–Tuvo problemas cuando era más joven –dijo.

–Es un sádico, señorita Binx. Lo condenaron por mutilar la piel de los dedos de una niñita.

–Sufría un desequilibrio químico en ese entonces –afirmó desafiante–. Ese fue el diagnóstico de los psiquiatras tanto públicos como personales. Tomó los medicamentos que recomendaron, hizo lo que se esperaba de él y pasó a lo que sigue. Ahora Claude es pintor y artista de *performance*. Es brillante.

–Estoy seguro de que lo es –dije.

–No –insistió Binx–, de verdad lo es. Puedo llevarlo a su estudio. Se lo muestro. No tenemos nada que ocultar. No está lejos. Alquila un espacio en una vieja fábrica allá por el río Anacostia, en el banco oeste.

–¿Dirección?

Se encogió de hombros.

–Solo sé llegar.

Reflexioné por un momento y añadí:

—Después de que llegue aquí mi equipo, ¿me lleva ahí?

Asintió.

—Con gusto. ¿Me puedo dar una ducha mientras tanto? Puede revisar el baño primero si necesita hacerlo. Le aseguro que no es nada más que lo usual.

La miré fijamente por varios segundos y luego dije:

—Que sea rápido.

CAPÍTULO 27

LOS CRIMINALISTAS LLEGARON DIEZ minutos después. Estaba dándoles instrucciones de que llamaran si encontraban algo cuando salió Kimiko Binx de su cuarto con jeans, calzado deportivo Nike para correr y una camisa verde de mangas cortas.

—¿Listo, doctor Cross? —preguntó mientras se acercaba a mí, para luego tropezarse sobre una cuerda de extensión suelta y perder el equilibrio.

Extendí la mano antes de que pudiera caer. Binx se agarró de mi mano izquierda y antebrazo derecho y recuperó el equilibrio.

Me dio la espalda y miró para atrás, desconcertada.

—¿Qué fue eso?

—Debería de meter los cables bajo los tapetes —dije—. Vámonos.

Bajamos las escaleras hasta mi auto.

Binx se subió al asiento delantero y dijo:

—¿Dónde está la sirena?

—No es así —contesté—. ¿Adónde voy?

—Hacia el puente Anacostia. Es una vieja fábrica de herramientas junto al río.

Manejé en silencio hasta que me di cuenta de que estaba estudiándome de nuevo.

—¿Qué miran?

—Al objeto de la obsesión de Gary —respondió.

—¿La única obsesión de Soneji? —pregunté.

—Bueno —dijo Binx, y volteó a mirar por el parabrisas—. Una de ellas.

Tenía una actitud tan despreocupada y relajada que me pregunté si tomaba algún tipo de medicamento. Aun así, me hacía sentir extraño, como si me escudriñara un miembro de alguna secta.

—¿Cómo conoció a Claude Watkins? —pregunté.

—En una fiesta en Baltimore —respondió—. ¿Lo conoce?

—No he tenido el gusto.

Binx sonrió.

—Sí es un gusto, sabe. Un gusto ver sus pinturas y sus *performances*.

—Todo un Picasso, entonces.

Entendió el sarcasmo, se puso un tanto seria y dijo:

—Ya verá, doctor Cross.

Binx me llevó a una zona de industria ligera en ruinas al norte del puente, y una fábrica abandonada con fachada de ladrillo, con un letrero de SE VENDE en la verja, que estaba sin candado.

—¿Aquí es donde trabaja el gran pintor y artista del *performance*? –pregunté.

—Correcto –dijo Binx–. Claude se muda de un lado a otro, alquila mes con mes edificios abandonados, donde tiene la libertad de hacer su arte sin preocuparse por el desorden. Cuando se vende el edificio y el arte, se muda a otro lugar. Todos los involucrados salen ganando. Aprendió la táctica en Detroit.

Tenía sentido. Estacioné el auto fuera de la verja y me sentí extraño, un poco atontado, del modo en que te sientes cuando no has comido lo suficiente o no te mantuviste hidratado. Sentí la lengua espesa y la garganta seca.

Escuché a Binx soltar el cinturón de seguridad. Sonó más fuerte de lo debido. Lo mismo pasó con el *bip* de la llave en la marcha cuando abrí la puerta. Saqué la llave, me incorporé, sentí la cálida brisa primaveral y me sentí mejor casi inmediatamente.

Activé Google Maps en mi teléfono, puse un pin en mi ubicación y lo envié a Bree junto con un mensaje que decía: "Envía patrulla de refuerzo cuando puedas".

Luego saqué mi arma de servicio.

—Siento tener que hacer esto, señorita Binx –dije–, pero necesito esposarla.

—¿Qué? ¿Por qué?

—Técnicamente, está bajo arresto. Simplemente he sido un tipo amable hasta ahora.

La programadora de computadoras no se veía contenta

mientras se acercaba. Saqué las esposas y se las cerré en las muñecas, con los brazos por delante. Había sido cooperativa por lo general y no parecía ser gran amenaza.

–¿Por qué me arresta? –reclamó Binx–. ¿Libertad de expresión?

–¿Qué tal fomentar y ser cómplice del intento de homicidio de un policía?

–¡No lo hice!

–Eso hizo –dije mientras la empujaba frente a mí.

Pasamos por la verja y cruzamos quince metros de tierra con maleza, donde los azafranes morados se asomaban entre las hierbas junto a una puerta doble de metal. Binx parecía estar al borde de las lágrimas mientras abría una de las puertas y decía:

–Nunca lastimaría a un policía. Papá era policía en Filadelfia.

Eso me sorprendió.

–¿De veras?

–Está jubilado –dijo–, con una insignia dorada.

Ahora la vi de otro modo, la hija de un policía bueno. ¿Por qué se involucraría en algo así?

–Me dijo que quería conocer a Claude –dijo Binx mientras trataba de limpiarse las lágrimas con las mangas–. Vamos.

Al principio, una voz en la cabeza me advirtió que no entrara en la fábrica abandonada, que esperara los refuerzos, pero luego la voz desapareció y la remplazó un impulso de claridad y confianza.

Mantuve a Binx directamente frente a mí y entré.

Cada vez que dejas un día soleado para entrar en un cuarto más oscuro siempre hay un instante fugaz en el que estás casi ciego antes de que se ajusten tus ojos. También es un momento en que tiendes a ser una silueta contra la puerta y, por lo tanto, eres blanco fácil.

Pero no escuché disparos y mi visión volvió a enfocarse en un espacio amplio y ventilado de mil, quizá mil cuatrocientos metros cuadrados, con un techo alto estilo bodega entrecruzado con rieles oxidados que servían para los pesados elevadores y plumas industriales.

Unas particiones de tres metros separaban el espacio como un amplio laberinto. El piso de cemento justo frente a nosotros estaba quebrado, roto en algunas partes y desnudo, con la excepción de pilas de tubería y hojas de metal, como si estuviera en proceso una operación de reciclaje. En el aire flotaba un polvo espeso, que formaba olas que danzaban y se arremolinaban en la tenue luz que se colaba por un conjunto de ventanas inmundas en la parte superior de los altos muros.

–No veo pinturas ni estudio –dije–. ¿Dónde está Watkins?

–Él y el estudio están atrás –dijo Binx con un gesto hacia la oscuridad–. Te mostraré el camino.

Por segunda vez ese día, esa voz interna mía, nacida de años de entrenamiento y experiencia, me provocó dudas sobre seguirla hasta que tuviera a alguien que me cuidara la espalda. Y por segunda vez ese día, sentí que el corazón me latía con más rapidez, percibí lo que me rodeaba con más agudeza y me impulsó un arrebato de absoluta confianza en mis habilidades.

—Guíame —dije, le sonreí y me sentí bien, muy bien, como si estuviera perfectamente afinado y listo para cualquier cosa que se cruzara en mi camino.

Binx me bajó por un pasillo sombrío y luego por otro, pasó por taller vacío tras taller vacío antes de que pudiera oler marihuana, pintura fresca y aguarrás. Los olores se intensificaban a medida que caminábamos por un tercer pasillo pequeño que zigzagueaba hacia la izquierda y se abría hacia un cuarto grande, en su mayor parte vacío, de líneas de ensamblaje con oscuros nichos que resaltaban de sus cuatro lados.

Las únicas luces del cuarto eran los intensos focos portátiles apuntados sobre una de varias pinturas grandes colgadas en el muro extremo, como a quince metros de distancia. La pintura mostraba una grúa que levantaba un ataúd del suelo. La lápida sobre la tumba decía "G. SONEJI." Había dos hombres parados junto a la tumba. Un hombre caucásico de traje oscuro y un afroamericano con un impermeable azul de policía: yo.

Casi sonreí. Alguien que había estado en la exhumación, probablemente Soneji o uno de sus seguidores, Watkins, había pintado esto, y aun así sentí que tenía que luchar para evitar sonreír por toda la buena voluntad que sentía por dentro.

* * *

Entonces se apagó el más lejano de los tres focos y reveló a un hombre que no podía ver antes por el brillo. Llevaba puestos jeans manchados de pintura, botas de trabajo y una camisa de mangas largas, pero su rostro se perdía entre las sombras.

Luego dio un paso adelante hacia un rayo débil y polvoriento de luz del sol que se colaba por las ventanas sucias, lo que mostró el cabello rojo y ralo y las facciones faciales distintivas de Gary Soneji.

—Doctor Cross —dijo, con voz quebrada y ronca—. Creí que nunca nos alcanzaría.

CAPÍTULO 28

SONEJI MOVIÓ EL BRAZO y vi la pistola que sostenía a un costado, una pistola niquelada, justo como las que usó para dispararnos a Sampson y a mí.

¡Derríbalo!

La voz gritó en mi cabeza y puso fin a todos esos extraños buenos sentimientos que se habían estado incubando en mí inexplicablemente.

Levanté la pistola de servicio rápidamente, empujé a Binx del camino, apunté a Soneji y grité:

—¡Suelta tu arma ahora o disparo!

Para mi sorpresa, Soneji soltó la pistola. Cayó en el suelo con un repiqueteo. Levantó las manos y me estudió con calma y gran interés.

—¡Boca abajo en el suelo! —grité—. ¡Las manos detrás de la espalda!

Soneji comenzó a seguir mis órdenes antes de que Binx me golpeara la mano en la que tenía el arma con los dos puños. El golpe me desequilibró y mi pistola disparó justo cuando se encendió un foco arriba de las pinturas, cegándome.

Se escuchó un disparo.

Luego se apagaron todas las luces y me dejaron desorientado; parpadeé ante los puntos azules deslumbrantes que danzaban frente a mis ojos. Sabía que estaba vulnerable y me lancé en el suelo, a la espera de otro disparo en cualquier momento.

Era una trampa. Todo esto era una trampa y yo había entrado directamente...

Se aclaró el sitio.

Soneji había desaparecido. Binx también. Y la pistola niquelada de Soneji.

Mantuve mi posición y miré alrededor; por primera vez noté una mesa de metal cubierta de latas de pintura y pinceles. Luego todos esos nichos alrededor del cuarto. Tenían los techos bajos y oscuros de sombras.

Soneji y Binx podrían fácilmente haberse deslizado en uno de esos. ¿Y qué? ¿Escapar? ¿O solo esperaban a que yo me moviera?

No tenía respuestas y me quedé donde estaba, escuchando, mirando.

No se movía nada. Y había cero sonido.

Pero podía sentirlo ahí. Soneji. Escuchándome. Buscándome.

Me sentí severamente agitado ante esas ideas, casi acelerado, antes de que una rabia irracional y abrumadora hiciera erupción dentro de mí. El protocolo estándar se había desvanecido; se había carbonizado. Todo mi entrenamiento había desaparecido también, consumido por las llamas del deseo de derribar a Gary Soneji. Ahora y para siempre.

Me incorporé de un tirón y corrí con ganas hacia el nicho más cercano, en la pared contraria. Cada nervio esperaba un disparo, pero no hubo ninguno. Llegué a la protección del nicho, resollando, la pistola levantada y vi los restos de unas herramientas mecánicas.

Pero ningún Soneji.

–Tengo refuerzos, Gary –grité–. ¡Están rodeando el lugar! Ninguna respuesta. ¿Se habían ido?

Me escabullí del nicho y me moví con rapidez por la pared hasta la siguiente antesala, la que estaba directamente debajo de la pintura de la exhumación. Al principio solo vi grandes rollos de lona acomodados sobre caballetes y mesas hechas de madera contrachapada.

Luego, en las más profundas sombras del nicho, y en mi visión periférica, atisbé un destello de movimiento. Giré a la izquierda para ver a Soneji encorvarse hacia delante sobre los metatarsos mientras daba dos pasos titubeantes y se enderezaba.

Abrió la boca como si anticipara algún placer esperado por mucho tiempo. Empezó a levantar la mano en la que llevaba la pistola.

Le disparé dos veces; las detonaciones ensordecedoras hicieron que me rezumbaran los oídos como si me hubieran dado un fuerte coscorrón. Gary Soneji dio dos tirones y gritó como mujer antes de tambalearse y caer, desapareciendo de mi vista.

CAPÍTULO 29

EL CORAZÓN ME LATÍA con fuerza en el pecho, pero mi cerebro suspiraba de alivio.

A Soneji le di en pleno. Estaba llorando, muriendo ahí en el suelo del cuarto de lienzos, donde no podía verlo.

Con la pistola todavía levantada, di un paso incierto hacia él, y luego otro. Un tercer y cuarto pasos y lo vi tirado ahí, sin pistola en la mano ni alrededor suyo, mirándome con una expresión lastimera.

Con una voz alta y llorona, dijo:

–¿Por qué me disparaste? ¿Por qué a mí?

Antes de que pudiera contestarle, Soneji comenzó a tener un ataque de tos que se volvió húmeda y asfixiante. Luego la sangre brotó de sus labios, sus ojos comenzaron a opacarse y toda la vida salió de él con un último y arduo suspiro.

–¡Ay, Dios mío! –gritó Binx detrás de mí–. ¿Qué hiciste?

–Soneji partió –dije, y sentí un placer intenso e irracional que me corría por dentro–. Finalmente se fue.

Binx estaba llorando. Comencé a voltear hacia ella. Vio la pistola en mi mano, dio la vuelta aterrada y saltó fuera de mi vista.

Binx me había llevado a una trampa, pensé. Binx me había llevado ahí para morir.

Corrí tras ella al salón principal, la vi correr como loca por donde habíamos llegado y la escuché hacer esos ruidos como gimoteos aterrados.

—¡Deténgase, señorita Binx! —grité tras ella.

Mientras lo hacía, atisbé un cambio en las sombras de un nicho al fondo del cuarto. Volteé hacia ahí, atónito al ver que detrás de los barriles de cincuenta y cinco galones estaba parado Gary Soneji en la boca del nicho, con la misma ropa, el mismo pelo, la misma cara, la misma pistola niquelada en la mano.

¿Cómo era eso...?

Antes de que pudiera sacudirme por la conmoción de que hubiera dos Sonejis, me disparó. Su bala chocó contra el poste de uno de esos focos que apuntaban a las pinturas. Por instinto, me lancé hacia él, con la pistola levantada y disparando.

Mi primer disparo se desvió, pero el siguiente hizo girar al segundo Soneji, dándole vuelta justo antes de que yo cayera con fuerza en el piso de cemento. Doblado a la mitad, él también cayó, resollando, gimiendo e intentando arrastrarse de vuelta al nicho.

Me puse rápidamente de pie y avancé hasta su posición. Un foco se encendió arriba del nicho, en un intento por darme de nuevo en los ojos. Pero levanté la mano libre antes de que me cegara.

Desde arriba y a mi derecha se disparó una pistola. La bala destrozó un trozo de cemento del piso a mis pies.

Me lancé detrás de los barriles de cincuenta y cinco galones, le eché una mirada al segundo Soneji, que todavía reptaba y dejaba un rastro de sangre oscura detrás suyo.

La voz en mi cabeza me gritaba que usara el teléfono y llamara para notificarlo. Me urgía que las sirenas resonaran ahora.

Entonces las escuché, distantes pero claras, antes de que sonara de nuevo otro disparo desde muy arriba y a mi derecha. Golpeó contra un barril cercano y la bala hizo un repiqueteo mientras rebotaba dentro.

Hice una mueca de dolor, rodé y me asomé por el angosto hueco entre los barriles solo para ver a un tercer Gary Soneji parado en el techo del nicho, arriba de la pintura de la exhumación. Intentaba apuntarme con una pistola niquelada.

Antes de que pudiera disparar, yo lo hice.

El tercer Soneji gritó, dejó caer la pistola y se agarró el muslo antes de tambalearse del techo. Cayó al menos tres metros y golpeó el piso de cemento con suficiente fuerza como para que sonara que se quebraba. Gritó débilmente, luego se quedó ahí tirado, gimiendo.

Entonces me levanté, temblando de la adrenalina, y sentí que esa hermosa rabia estallaba otra vez por mi cuerpo, roja, candente, vengativa.

−¿Quién sigue? −rugí con un sentimiento casi de vértigo−. ¡Vamos, bastardos! ¡Mataré a cada Soneji antes de terminar!

Blandí la pistola por todos lados, apuntada hacia arriba y abajo, el dedo crispándose en el gatillo, anticipando que otro Soneji apareciera en el techo del nicho o desde la oscuridad de las tres antesalas que quedaban.

Pero no se movió nada y no hubo otro sonido excepto los gemidos de los heridos y de Kimiko Binx, quien estaba sentada en el rincón lejano de la sala principal, enroscada en posición fetal y sollozando.

CAPÍTULO 30

KIMIKO BINX TODAVÍA ESTABA llorando y se rehusaba a hablar conmigo, con los oficiales de la patrulla que fueron los primeros en llegar a la escena y con los detectives que arribaron poco después.

Ni siquiera Bree lograba que Kimiko hiciera alguna declaración más allá de decir con hosquedad: "Cross no tenía por qué disparar. No tenía que matarlos a todos".

La realidad era que no los había matado a todos. Dos de los Sonejis estaban vivos y unos paramédicos trabajaban sin descanso sobre ellos.

–¿Tres Sonejis? –dijo Bree–. Así es más fácil para ellos abarcar más terreno.

Asentí y vi cómo alguno de ellos pudo haberle disparado a Sampson mientras otro vigilaba la tumba de Soneji, y el tercero podría haber pasado junto a Bree y a mí afuera del Centro Médico George Washington.

–¿Estás bien, Alex? –preguntó Bree.

–No –respondí y de repente me sentí increíblemente cansado–. En realidad, no.

–Cuéntame qué pasó –dijo Bree.

Hice lo mejor que pude y terminé con:

–Pero lo único que necesitas saber es que me tendieron una emboscada, un señuelo, y yo caí directamente.

Bree lo pensó un rato y luego afirmó:

–Habrá una investigación, pero por lo que me dices, es todo muy claro. Defensa propia y justificada.

No dije nada porque de alguna manera no me parecía del todo correcta. Justificada, sí, ¿pero tan claro? Habían tratado de matar a Sampson, y a mí dos veces. Pero algunos de los cabos de lo que había sucedido simplemente no...

–Por cierto –dijo Bree, e interrumpió mis pensamientos–. Los laboratorios ya mandaron los resultados de la exhumación.

La miré sin revelar nada.

–¿Y?

–Era él, el del ataúd –dijo–. Soneji. Compararon el ADN con muestras que tomaron cuando lo tuvieron bajo detención federal la primera vez. Está muerto, Alex. Lleva más de diez años muerto.

Uno de los paramédicos nos llamó antes de que pudiera expresar mi alivio. Fuimos al Soneji que estaba en el nicho lejano, el que había estado reptando para alejarse, dejando sangre como un rastro de caracol. Le habían inyectado morfina y estaba inconsciente. También le habían cortado la camisa y encontraron el borde de alzado de látex de una máscara que podría haber sido creada por uno de los mejores de Hollywood.

Después de fotografiar la máscara, la cortamos, la pelamos y revelamos el rostro cenizo de Claude Watkins, pintor, artista de *performance* e idólatra herido de Gary Soneji.

El segundo Soneji estaba levantado en una camilla que se dirigía a la ambulancia cuando lo alcanzamos. Abrimos su camisa, encontramos el borde de látex de una máscara idéntica, la fotografiamos y luego pedimos a los técnicos de urgencias médicas que la cortaran para quitársela. El hombre detrás de la máscara tenía menos de treinta años y nos era desconocido. Pero mientras lo empujaban afuera, no tuve duda de que, fuera quien fuera, llevaba mucho, mucho tiempo venerando a Gary Soneji.

Esperamos a que llegara el examinador médico para tomar custodia del Soneji muerto antes de cortar la tercera máscara.

—Se trata de una mujer —dijo Bree y sus manos se le fueron a la boca.

—No solo una mujer —dije, atónito y confundido—, es Virginia Winslow.

—¿Quién?

—La viuda de Gary Soneji.

—Espera, ¿qué? —dijo Bree, mirando de cerca a la mujer muerta—. Creí que habías dicho que odiaba a Soneji.

—Eso fue lo que me dijo.

Bree sacudió la cabeza.

–Por Dios, ¿qué mosco le habrá picado para hacerse pasar por su marido muerto y luego tratar de asesinarte? ¿Le disparó a John? ¿O lo hizo Watkins? ¿O el otro tipo?

–Uno de ellos lo hizo –respondí–. Apuesto a que una de las pistolas coincide.

–Pero ¿por qué? –dijo, aún confundida.

–Binx, Watkins y, evidentemente, Virginia Winslow transformaron a Soneji en una secta y yo era su enemigo –dije, y pensé en el hijo de Winslow, Dylan, y la foto que tenía de mí en su diana.

¿Dónde encajaba el chico en todo esto? Al ver que llevaban a Binx afuera, pensé que si la presionábamos lo suficiente con el tiempo querría hacer un trato y contarnos todo.

–Te ves del carajo, ¿sabes? –dijo Bree, interrumpiendo mis pensamientos de nuevo.

–Aprecio el cumplido.

–Hablo en serio. Vamos, dejemos que los tipos de la escena del crimen hagan su trabajo.

–¿Ninguna declaración formal?

–Ya hiciste suficientes declaraciones como para dejarme satisfecha por ahora.

–Jefe de detectives y esposa –dije–. Es un conflicto de interés, no importa cómo lo mires.

–No me importa, Alex –dijo Bree–. Voy a llevarte a casa. Puedes hacer una declaración formal después de una noche de descanso.

Casi estuve de acuerdo, pero luego dije:

—Está bien, me voy. Pero ¿podemos pasar por la habitación de Sampson antes de ir a casa? Merece saberlo.

—Por supuesto —dijo ella, suavizándose—, por supuesto que podemos hacerlo.

Me quedé callado mientras nos alejábamos de la escena de la emboscada y el tiroteo. Bree parecía entender que yo necesitaba espacio y no hizo más preguntas de camino al centro médico George Washington.

Pero mi mente seguía saltando a distintos aspectos del caso. ¿Dónde se habían conocido Watkins y la viuda de Soneji? ¿Por medio de Kimiko Binx? ¿Y quién era el otro tipo herido? ¿Cómo había llegado a formar parte de una conspiración para matarnos a Sampson y a mí?

Mientras subía por el elevador a la unidad de cuidados intensivos, me prometí que respondería a las preguntas y dejaría claro todo el caso, aunque casi hubiera terminado.

Al abrir la puerta, sentí algo filoso en el brazo derecho y me eché para atrás para mirarlo.

—Disculpa —dijo Bree—. Tenías pegado un trocito de cinta adhesiva.

Me mostró la cinta, no más de un centímetro de largo, antes de enrollarla entre su pulgar e índice y lanzarla al basurero.

Me torcí el antebrazo y vi un pequeño parche rojizo, y me pregunté dónde estaba cuando se me pegó. Seguramente de la barra de la cocina de Nana Mama más temprano por la mañana, y era algo que había quedado ahí de los proyectos escolares más recientes de Alí.

No importaba, porque cuando llegamos a la unidad de cuidados intensivos la enfermera nos dio buenas noticias. Sampson ya no estaba, puesto que lo habían trasladado al piso de rehabilitación.

Cuando finalmente logramos rastrearlo, estaba haciendo su primera visita a la sala de terapia física. Entramos y encontramos a Billie con las palmas apretadas contra las mejillas radiantes y los ojos se le desbordaban de las lágrimas.

También yo tuve que luchar para contener las lágrimas.

Sampson no sólo había salido de la cama, sino que había salido de la silla de ruedas, estaba de pie, de espaldas a nosotros y se equilibraba con un equipo de barras paralelas de gimnasia. Los enormes músculos de sus brazos y cuello se estaban esforzando tanto que temblaban, y el sudor le caía a chorros mientras movía un pie y luego otro, al arrastrar más que pisar con la pierna derecha. Pero era increíble.

–¿Puedes creerlo? –gritó Billie al ponerse de pie de un brinco y abrazar a Bree.

Me enjugué las lágrimas, besé a Billie y solté una enorme sonrisa antes de aplaudir y dar la vuelta para pararme frente a Sampson.

El Gran John tenía una sonrisa de cien vatios.

Me vio, se detuvo y preguntó:

–¿Qué *ta eo*?

–Increíble –dije, conteniendo aún más emoción–, simplemente increíble, hermano.

Su sonrisa se extendió más, luego ladeó la cabeza al mirarme, como si percibiera algo.

–¿Qué? –dijo Sampson.

–Lo atrapé –dije–. Al que te disparó.

Sampson se puso serio e hizo una pausa para absorber eso. El terapeuta le ofreció la silla de ruedas, pero él negó lentamente con la cabeza mientras me seguía mirando con atención, como si viera todo tipo de cosas en mi rostro.

–At-atrápalo... y-ya, Alex –dijo John finalmente, apenas arrastrando las palabras, mientras su rostro se retorcía con una sonrisa de triunfo–. ¿No ves que *ngo* que *cer lases* de *anza*?

Me paré ahí atónito por un momento. Bree y Billie se echaron a reír. Lo mismo Sampson y el terapeuta.

Yo también lo hice, entonces, desde lo más profundo de mi vientre, una gran carcajada que pronto se mezcló con gratitud honda, profunda, y una gran cantidad de asombro.

Nuestras plegarias habían sido atendidas. Había ocurrido un milagro de verdad.

A mi compañero y mejor amigo le habían disparado en la cabeza, pero el Gran John Sampson no estaba derrotado y definitivamente estaba camino de regreso.

EPÍLOGO

DOS DÍAS DESPUÉS ME desperté sintiéndome extrañamente perdido, como si me recuperara de los últimos residuos de la peor resaca de toda mi vida.

El protocolo del Departamento dictaba que me quedara al margen, con licencia administrativa pagada, mientras investigaban los tiroteos. Después de lo que había pasado, y como me sentía tan hecho polvo, debería de haberme tomado el tiempo para quedarme en casa y recuperarme con mi familia durante al menos una semana.

Pero me obligué a salir de la cama y me dirigí al centro de la ciudad para hablar con mi representante sindical, una abogada astuta llamada Carrie Nan. Le describí los hechos de la fábrica. Igual que Bree, se sintió cómoda con el hecho de que yo hablara con Asuntos Internos, cosa que hice.

Los dos detectives, Alice Walker y Gary Pan, fueron amables, meticulosos y, me pareció, justos. Me hicieron repasar el escenario seis o siete veces en una sala de interrogatorios que había usado a menudo en el trabajo.

Me apegué a los hechos y no a las emociones oscilantes de euforia e ira que sentí durante todo el evento. Lo dejé todo simple y directo.

La escena había sido una emboscada. En los tres tiroteos había visto una pistola. Había hecho una advertencia. Cuando habían volteado la pistola hacia mí, había disparado para salvar mi vida.

El detective Pan se rascó la cabeza.

—Suenas medio distante cuando describes lo que sucedió.

—¿Te lo parece? —dije—. Solo trato de hablar de ello objetivamente.

—Siempre dije que usted era el más listo de este lugar, doctor Cross —dijo la detective Walker y luego hizo una pausa—. Después de que le disparó al tercer Soneji, ¿gritó algo así como "Mataré a cada Soneji antes de acabar con todo"?

Lo recordaba y sonaba mal, lo sabía.

—Me tenían rodeado —dije finalmente—. Me tendieron una emboscada y yo ya me había enredado con tres de ellos. ¿Perdí los estribos en ese momento? Es posible que sí. Pero para entonces había terminado. Si había otros, ya habían desaparecido desde mucho antes.

Pan dijo:

—Kimiko Binx estaba ahí.

—Sí. ¿Qué dice ella?

Walker dijo:

—No estamos en libertad de decirlo, doctor Cross, usted lo sabe.

—Claro —dije—, solo estoy siendo entrometido.

Pan dijo:

—*Había* otros ahí, por cierto. En la fábrica.

Antes de que yo pudiera decir nada, zumbó el celular de Pan. Luego el de Walker.

—¿Qué otros? —pregunté—. No vi a nadie más.

Los detectives leyeron sus textos y no me respondieron.

—Espere aquí —dijo Pan al levantarse.

—¿Necesita algo? —preguntó Walker—. ¿Café? ¿Coca?

—Solo agua —dije, y los vi partir.

Había otros ahí, por cierto. En la fábrica.

No había visto a un alma. ¿Era cierto eso? Había distintos focos apuntados hacia mí desde distintos lugares. Tenía que haber al menos una quinta persona. Tenía que...

Entraron dos hombres de traje en el cuarto junto con el jefe Michaels y Bree. Los primeros tres tenían el rostro de piedra. Bree parecía estar al borde de un ataque de nervios.

—Lo siento, Alex, pero.... —dijo, apenas logrando sacar las palabras antes de mirar al jefe Michaels—. No puedo.

—¿No puedo qué? —pregunté, y sentí como si de repente estuviera parado de espaldas al borde de un profundo desfiladero que ni siquiera me había dado cuenta que estuviera ahí.

—Alex —dijo Michaels—. El tercer Soneji, al que le disparaste y cayó del techo del nicho, murió hace dos horas. Y acaba de llegar información muy comprometedora que contradice directamente tu recuento del tiroteo.

—¿Qué evidencia? —dije—. ¿Quiénes son estos tipos?

Uno de los trajeados dijo:

—Señor Cross, soy el agente especial Carlos Ramón y trabajo con el Departamento de Justicia de Estados Unidos.

El otro trajeado dio la vuelta a la mesa y se presentó:

—Agente especial Jon Christopher, Justicia. Está arrestado por el asesinato premeditado de Virginia Winslow y una persona desconocida. Tiene el derecho de permanecer callado. Todo lo que diga puede...

No escuché lo demás. No necesitaba hacerlo. Había recitado los derechos Miranda miles de veces. Mientras me esposaban, no dejaba de mirar a Bree, quien estaba destrozada y no quería cruzarse con mi mirada.

—¿No les crees, o sí? —dije, mientras Pan comenzaba a apurarme hacia la puerta para ficharme—. ¿Bree?

Bree miró hacia mí finalmente con ojos desolados y rasantes de lágrimas.

—No digas una palabra más, Alex. Desde ahora, todo lo que digas puede y será utilizado en tu contra.

ACERCA DEL AUTOR

JAMES PATTERSON ha escrito más best sellers y creado personajes de ficción tan entrañables que cualquier otro novelista de la actualidad. Vive en Florida con su familia.

SÉ QUIÉN MATÓ A MI HIJO

Alex, de quince años, es apenas un niño. Adora las historietas, los videojuegos, pescar y viajar en su moto. Es tan buen chico, tan listo, tan fuerte...
Pero algo terrible le ocurre en la escuela. Ahí, una multitud se congrega, algunos gritan, otros lloran. Todos son presa del pánico.
Molly sabe quién es el responsable de la muerte de su hijo. Ahora quiere venganza.

**Lee la apasionante historia de *113 minutos*
disponible en**

3 MINUTOS, 10 SEGUNDOS

EL INSTINTO DE UNA madre de proteger a su hijo es la fuerza más poderosa del planeta.

Justo ahora estoy que reviento con ese instinto. Me abruma. Me hace temblar.

Mi hijo, mi precioso hijito, está lastimado. O, Dios quiera que no, algo peor.

No conozco los detalles de lo que ocurrió. Ni siquiera sé dónde está.

Sólo sé que debo salvarlo.

Piso los frenos. Las llantas de mi vieja Dodge Ram rechinan como el demonio. Una de ellas se estrella en la acera y me lanza con fuerza hacia delante, contra el volante. Pero estoy tan insensible por el temor y el pánico que apenas percibo el impacto.

Sujeto la manija de la puerta... pero me detengo y cuento hasta tres. Me obligo a respirar profundamente tres veces. Me persigno: tres veces de nuevo.

Y ruego poder encontrar a mi hijo pronto... *en tres minutos o menos.*

Salgo de un brinco y comienzo a correr. Más rápido de lo que me haya movido en mi vida.

Oh, Alex. ¿Qué has hecho?

Es tan buen chico, tan listo. Un chico fuerte, además... en especial con todo por lo que nuestra familia ha atravesado. No soy una madre perfecta, pero siempre me he esforzado. Tampoco Alex es perfecto, pero yo lo amo más que a nada en el mundo. Y estoy tan orgullosa de él, tan orgullosa del joven en el que se está convirtiendo.

Sólo quiero verlo de nuevo... *seguro*. Daría lo que fuera por eso. *Lo que fuera.*

Alcanzo las puertas delanteras del edifico de dos plantas con fachada de ladrillos. Por encima de éstas cuelga un descolorido estandarte verde y blanco que debo haber leído miles de veces ya:

PREPARATORIA HOBART: HOGAR DE LOS PIRATAS.

Podría ser cualquier otra escuela en Estados Unidos. Sin duda, cualquiera en el sofocante calor del oeste de Texas. Pero dentro, en alguna parte, está mi hijo. Y, Dios me libre, iré por él.

Cruzo las puertas a toda velocidad... *¿pero adónde diablos debo ir?*

He pasado más horas en este edificio de las que pueda contar. Demonios, me gradué de esta escuela hace casi veinte años. Pero, de repente, el espacio me resulta extraño. Desconocido.

Comienzo a correr por el pasillo central. Aterrada. Desesperada. Frenética.

Oh, Alex. De quince años, es apenas un niño todavía. Adora las historietas... en especial las de más tradición, como Batman y Spider-Man. Adora los videojuegos, cuanto más delirantes, mejor. Adora estar al aire libre también. En especial disparar y pescar; viajar en su moto de montaña —azul brillante, su color favorito— por los campos petroleros abandonados con sus amigos.

Pero mi hijo también está por ser un adulto. Ha estado llegando a casa cada vez más tarde, en especial los viernes y sábados. Comenzó a pasearse por el barrio en los autos de sus amigos. Apenas hace unas semanas —no le dije nada, estaba demasiado conmocionada— pude oler cerveza en su aliento. Los años de adolescencia pueden ser tan duros. Recuerdo mi propia etapa escabrosa. Sólo espero haberlo criado lo suficientemente bien para que salga de ella sin problemas...

—¡Alex! —grito, y mi voz aguda hace eco por la hilera de los casilleros de metal.

El mensaje provino del teléfono de Alex —Señorita Molly, soy Danny—, pero había sido escrito por su mejor amigo desde sus años de escuela primaria. Siempre me agradó Danny. Venía de una buena familia. Pero se rumoraba que había comenzado a tomar malas decisiones. Me preocupaba que presionara a Alex a seguir su camino.

En el momento en que leí el mensaje, supe que lo había hecho.

Alex tomó demasiado. No respira. Venga rápido a la escuela.

Sin darme cuenta, ya conducía por la ruta 84 en mi camioneta, digitaba el número de teléfono de Alex y maldecía cuando no obtenía respuesta. Intenté llamar al director de la escuela, a mis hermanos, al 911.

Entonces elevé una plegaria, pedí un favor de Dios.

—¡Alex! —vuelvo a gritar, aún más fuerte, a nadie y a todos—. ¡¿Dónde estás?!

Pero al pasar junto a ellos, los estudiantes sólo me miran embobados. Algunos me señalan y se burlan. Otros me apuntan con sus teléfonos y toman video de una señora enloquecida que cruza su escuela como una lunática.

¡¿No saben lo que está pasando?! Cómo pueden estar así, tan...

Espera. Los rumores corren entre adolescentes con más velocidad que un incendio forestal, y hay demasiado silencio. Quizá no lo sepan.

Debe estar en la segunda planta.

Me dirijo a la escalera más cercana y asciendo ferozmente por las escaleras. Comienzan a arder los pulmones y el corazón bombea a toda marcha. Al llegar arriba, el camino se parte en dos.

Maldición, ¡¿en qué dirección, dónde está?!

Algo me dice que siga por la izquierda. Quizá mi intuición

de madre. Quizás un estúpido golpe de suerte. Sea como sea, escucho.

Ahí, al fondo, una multitud se congrega afuera del baño de hombres. Chicos y maestros. Algunos gritan. Otros lloran. Todos son presa del pánico.

Como yo.

—¡Soy su mamá! —me abro paso a empellones—. ¡Muévanse! ¡Fuera de mi camino!

Primero veo las piernas de Alex, abiertas flácidas y torcidas. Veo sus Converse, con las suelas envueltas en cinta plateada, por lo visto algún tipo de tendencia de la moda. Reconozco el viejo par de andrajosos Levi's que llevaba puestos al desayunar esta mañana, en los que cosí un nuevo parche la semana pasada. Puedo distinguir una colorida historieta que se asoma enrollada desde su bolsillo trasero.

Y entonces miro su brazo derecho, estirado sobre el suelo. Sus dedos inertes aferran una pequeña pipa de vidrio con la punta redonda carbonizada.

Oh, Alex, ¿cómo pudiste hacer esto?

Su maestra titular, la enfermera de la escuela y un hombre más o menos joven y en forma, a quien no reconozco y quien viste una camiseta de beisbol de HHS, están encorvados sobre su cuerpo y realizan la maniobra RCP frenéticamente.

Pero soy *yo* quien no puede respirar.

—No, no, no... ¡Alex! ¡Mi pobre bebé...!

¿Cómo pudo suceder esto? ¿Cómo lo permití? ¿Cómo pude haber estado tan ciega?

Las rodillas comienzan a ceder. Siento la cabeza ligera. La vista me da vueltas. Empiezo a perder el equilibrio...

–Molly, tranquila, te tenemos.

Siento que cuatro manos fuertes me toman por detrás: Stevie y Hank, los mejores hermanos mayores que pudiera pedir una chica. Tan pronto como llamé para contarles lo ocurrido, salieron a toda prisa rumbo a la escuela. Son mis soportes. A quienes necesito ahora más que nunca.

–Va a estar bien –susurra Hank–. Todo va a estar bien.

Sé que son sólo palabras al viento, pero son palabras que necesito escuchar y creer desesperadamente. No tengo la fuerza, ni la voluntad, para responder.

Dejo que él y Stevie me mantengan firme. No puedo mover ni un solo músculo. Tampoco puedo quitar los ojos de encima a Alex. Luce tan delgado, tan débil. Y joven. Tan vulnerable. La piel pálida como una hoja de papel. Los labios moteados de saliva espumosa. Los ojos como esferas de vidrio sumidas en fango.

–¡¿Quién le vendió esa mierda?!

Stevie se gira para mirar a la multitud, escupiendo ira candente. Su voz retumba a través del pasillo.

–¡¿Quién hizo esto?! ¡¿Quién?!

Al instante, la multitud enmudece. Stevie, un infante de marina jubilado, es así de aterrador. No se puede escuchar un solo sonido... excepto por el ulular de una sirena de ambulancias.

–¡Más vale que alguien hable ahora!

Nadie se atreve a abrir la boca, nadie siquiera respira.

Pero no *necesitan* hacerlo.

Porque mientras veo cómo el último aliento de vida se escapa fuera del cuerpo de Alex, mi vida cambia y se opaca para siempre, sé que conozco la respuesta.

Sé quién mató a mi hijo.

2 MINUTOS, 45 SEGUNDOS

EL VIEJO JEEP TIEMBLA lentamente por una larga y polvorienta carretera, como un guepardo que acecha a su presa. Una sinfonía de grillos llena el cálido aire nocturno. A la distancia suena el silbato de un tren. La única luz en kilómetros es una pálida astilla de luna.

Stevie Rourke aferra el volante con ambas manos. Tiene la vista fija al frente. Es un antiguo sargento del Cuerpo de Marines, tiene cuarenta y cuatro años de edad, mide dos metros y pesa 113 kilos de músculo sólido. Es un hombre tan leal con sus amigos y familia que se lanzaría a las puertas del infierno por ellos, y lucharía con el mismísimo diablo para salvarlos.

Hank Rourke, esbelto y enjuto, unos cuantos años más joven, con una devoción similar pero de mecha mucho más corta, está sentado en el asiento del copiloto... alimentando de munición su arma.

–Estamos a menos de 180 segundos –comunica Stevie.

Hank gruñe para mostrarse de acuerdo.

Los dos hermanos viajan en tenso silencio durante el resto del breve viaje. No necesitan palabras. Ya discutieron su plan y saben exactamente lo que harán.

Enfrentar a ese hijo de perra bueno para nada que mató a su sobrino de quince años.

Tanto Stevie como Hank amaban a ese niño. Lo amaban como si fuera propio. Y Alex los amaba a ellos también. El borracho inútil del marido de Molly se había largado cuando el niño apenas era un bebé. Pero nadie había derramado lágrimas. Ni entonces ni después. Molly retomó su nombre de soltera para ella y Alex. Todos los Rourke vivían juntos en la enorme granja familiar, y al no tener hijos propios, Hank y Stevie desplegaron su atención sobre el niño. El vacío que dejó una porquería de padre fue llenado por dos tíos increíbles. Claramente Alex había salido vencedor en la ruleta de la vida.

Hasta hoy. Cuando su tiempo llegó a su desgarrador fin.

Los dos hermanos abandonaron sus deberes tan pronto como recibieron el llamado de Molly. Acudieron juntos directamente a la escuela, con la camioneta que traqueteaba a ciento sesenta kilómetros por hora. Confiaban en que todo se resolvería....

Pero se habían preparado para lo peor.

Los médicos y el departamento del alguacil consideraban la muerte de Alex como un accidente. Al menos por ahora. Dos chicos más que se comportaban como chicos de su edad, y que se metieron con mierda que no supieron controlar.

Pero era un accidente que no tendría que haber ocurrido.

Y alguien iba a pagar.

Su destino entra a la vista pronto: un grupo de edificios bajos de madera y metal que parecen resplandecer bajo el calor abrasador del desierto. Hank observa la zona con un par de binoculares color verde militar.

—No veo a nadie patrullando el área. Quizá podamos acercarnos a él sin ser vistos, después de todo.

Stevie niega con la cabeza.

—Ese bastardo sabe que estamos en camino.

El Jeep se detiene frente a una verja oxidada que rodea el perímetro de una propiedad salpicada de arbustos secos y árboles de follaje ralo. Al final de la corta entrada hay una pequeña choza en ruinas. El hombre que buscan vive adentro.

Stevie guarda su Glock 19 tras el cinturón en su espalda, y sale primero del Jeep. El ardiente aire del desierto lo recibe con la fuerza de un semirremolque. De inmediato lo inundan memorias de las operaciones encubiertas nocturnas que dirigió durante la Tormenta del Desierto. Pero esa era una tierra lejana, donde hace más de dos décadas había servido con honor y distinción.

Esta noche está en el condado de Scurry, en Texas. No tiene a un escuadrón de élite como respaldo. Sólo a su hermanito irascible.

Y hay algo mucho más en juego que el deber con la patria. Ahora es personal.

—Pon una mano en mi reja, Rourke, y la extrañarás por siempre.

El viejo Abe McKinley está en pie bajo su cobertizo y apunta temblorosamente una enorme Colt Anaconda con empuñadura de madera. Con su salvaje melena de cabello blanco y dientes ennegrecidos, luce imponente para contar sólo setenta y cinco años, o del carajo para tener sesenta.

Pero Stevie no se amilana con facilidad, ni retrocede.

—Quiero hablar contigo, Abe. Nada más.

—Entonces dile a tu hermanito que se espabile y baje su juguete.

—De acuerdo, si ordenas lo mismo a tu gente.

Abe resuella. *Ni lo pienses.*

Stevie se encoge de hombros. Valía la pena intentarlo.

—Entonces al menos ordena —continúa— que dejen de fingir ocultarse.

Tras un gesto renuente de cabeza del anciano, Hank lanza su escopeta Remington de vuelta al Jeep. De inmediato, catorce de los matones de McKinley, todos ocultos alrededor del complejo, emergen lentamente de las sombras. Algunos estaban agazapados detrás de los arbustos. Otros, tras los árboles. Unos cuantos estaban tendidos en la hierba alta que cubre la mayor parte de las diez hectáreas propiedad de McKinley.

Cada uno de los hombres viste camuflaje completo de cacería y un pasamontañas, y aferra un arma semiautomática.

Stevie tenía razón. Ese bastardo *sí* que lo esperaba.

—Ahora, entonces —Stevie se aclara la garganta—. Como decía...

—Siento lo del niño de tu hermana —lo interrumpe McKinley. No es de los que gustan de los rodeos. Escupe un espeso chorro de jugo de tabaco en la tierra—. Es una tragedia.

Stevie se traga la rabia ante esa intencional señal de absoluta falta de respeto.

—Puedo ver que estás destrozado. Por perder a todo un potencial cliente.

McKinley no cede terreno.

—No sé a qué te refieres. Si estás sugiriendo que yo tuve algo que ver con...

Ahora es Hank el que interrumpe. No puede guardar la compostura.

—¡Has envenenado cuatro condados con el cristal que cocinas! —grita, y da un paso adelante. Los hombres de McKinley levantan sus armas, pero Hank no se inmuta.

—Eres el principal traficante de aquí hasta Lubbock, y todos lo saben. Quiere decir que uno de ustedes —Hank fulmina con la mirada a cada uno de los hombres armados, uno por uno, cuyos dedos cosquillean sobre los gatillos— vendió a nuestro sobrino la mierda que lo mató. ¡Ustedes pusieron una granada en manos del niño!

McKinley se limita a gruñir. Luego da media vuelta y avanza hacia el interior de su casa.

—Stevie, Hank, gracias por pasar a verme. Pero no vuelvan a hacerlo. O terminaran allá atrás con los perros.

Como un disparo de rifle, *¡crac!*, resuena el mosquitero al cerrarse frente a su puerta.

4 MINUTOS, 45 SEGUNDOS

MAÑANA SE CUMPLEN DIEZ días exactos desde que mi hijo Alex murió frente a mis ojos.

No puedo creerlo. Parecen sólo diez minutos.

Todavía recuerdo con tanta claridad a los dos paramédicos de rostro lozano que llegaron a toda prisa por el pasillo y lo levantaron en camilla. Recuerdo el viaje vertiginoso en ambulancia al hospital del condado, cómo todas esas máquinas a las que lo conectaron hacían *clic* y *bip*. Recuerdo haber sujetado con fuerza su mano fría y húmeda, e instarlo a que se aferrara a la vida con similar ahínco.

Recuerdo cuando llegamos al hospital y los paramédicos lo sacaron de la ambulancia sobre la camilla, y vi la historieta que Alex guardaba en su bolsillo trasero. Cayó al suelo revoloteando con el movimiento frenético. Mientras lo empujaban hacia la sala de emergencias, me detuve para levantarlo, y luego corrí a toda prisa tras ellos.

Grité y la ondeé en el aire como una lunática, como si

fueran paramédicos militares que sacaban del campo de batalla a la víctima de un estallido mortal y hubieran dejado atrás una extremidad faltante. Por supuesto no podía pensar claramente. ¿Cómo podría hacerlo una madre en un momento así? No dejé de aullar y sollozar, hasta que finalmente un enfermero tomó esas cuantas docenas de páginas coloridas y prometió entregarlas a mi hijo.

–¡Tan pronto como despierte! –dije, con ambas manos sobre sus hombros–. ¡Por favor!

El enfermero asintió y sonrió con tristeza.

–Por supuesto, señora. Tan pronto como despierte.

Dos días después, esa arrugada historieta regresó a mí.

Venía en una bolsa de plástico sellada que también incluía la billetera de mi hijo, su teléfono y los restos de ropa que llevaba encima cuando lo admitieron, incluyendo sus Converse envueltos en cinta plateada y su viejo par de Levi's.

Alex no despertó, a él no me lo devolvieron.

Mi hermano Hank me saca del trance, estoy aturdida... da un fuerte golpe a la pared de la cocina con su puño carnoso, con tanta fuerza que todas las fotos enmarcadas y platos decorativos que cuelgan ahí traquetean. Siempre fue el más impetuoso. La mecha corta de la familia. Esa noche no fue distinto.

–¡Los Rourke han sido dueños de esta tierra por tres generaciones! –grita–. ¡No hay manera de que el maldito banco nos la quite en tres meses!

BOOK**SHOTS**

Esta obra se imprimió y encuadernó
en el mes de septiembre de 2017,
en los talleres de Impregráfica Digital, S.A. de C.V.,
Calle España 385, Col. San Nicolás Tolentino,
C.P. 09850, Iztapalapa, Ciudad de México.